闇仕合〈上〉

栄次郎江戸暦16

小杉健治

JN170915

時代小説

二見時代小説文庫

目次

『闇仕合〈上〉——栄次郎江戸暦16』の主な登場人物

矢内栄次郎《やないえいじろう》……一橋治済《はるさだ》の庶子。三味線と共に市井《しせい》に生きんと望む。田宮流抜刀術の名手。

杵屋吉右衛門《きねやきちえもん》…栄次郎が三味線と長唄の両方を習っている師匠。

矢内栄之進《やないえいのしん》……家督を継いだ、栄次郎の兄。御徒目付《おかちめつけ》を務める幕臣。

新八《しんぱち》……………豪商や旗本を狙う盗人だったが、足を洗い徒目付矢内栄之進の密偵となる。

お秋《あき》……………以前矢内家に年季奉公をしていた女。八丁堀与力・崎田孫兵衛の妾となる。

崎田孫兵衛《さきたまごべえ》……お秋を腹違いの妹と周囲を偽り囲っている、八丁堀同心支配掛かりの与力。

大和屋庄左衛門《やまとやしょうざえもん》…自宅に舞台を設えるほど繁盛をしている札差。吉右衛門の後援者の一人。

一橋治済《ひとつばしはるさだ》……栄次郎の父が仕えていた一橋家二代目当主。栄次郎の実の父。

岩井文兵衛《いわいぶんべえ》……岩井半左衛門《はんざえもん》・元一橋家用人。隠居後に名を改め、栄次郎を陰から支える。

長吉《ちょうきち》…………上州から侍を志し江戸に出るも叶わぬ事と悟り、棒手振りで生計をたてる。

末松祐太郎《すえまつゆうたろう》……定町廻りの同心。栄次郎らと不可解な連続斬殺事件の下手人を追いつめる。

亀三《かめぞう》……………末松祐太郎に手札を与えられた岡っ引き。

多々良十兵衛《たたらじゅうべえ》…長吉に上州で剣術の手ほどきをした剣客。赤木鬼造《あかぎおにぞう》と呼ばれ賭仕合に出る。

岩淵平左衛門《いわぶちへいざえもん》…武士の堕落を嘆く書院番頭。栄次郎を赤木鬼造の闇仕合の相手に指名する。

福沢茂一郎《ふくざわもいちろう》……口入屋、札差、紙問屋、木綿問屋などを集め、殺し合いを賭仕合とした男。

闇仕合〈上〉――栄次郎江戸暦16

第一章　斬殺剣

一

　長吉《ちょうきち》は毎朝、夜明け前に起き、北森下《きたもりした》町《ちょう》の長屋を出て、近くの豆腐屋の親方から豆腐を仕入れ、振り売りで、「トウフー、ナマアゲ、ガンモドキー」と売り歩く。

　朝の商売を終えたあと、いったん長屋に帰ってひと眠りし、昼からは、文庫《ぶんこ》売りで町を流した。

　上州《じょうしゅう》の厩橋《うまやばし》から江戸に出て五年になる。ほんとうは侍になりたかった。どこかの武家屋敷に中間《ちゅうげん》か小者《こもの》として仕《つか》え、やがて若党にでも取り立ててもらえればまがりなりにも侍になれる。

　そう思ったのだが、最近はどこも武士の家計は厳しく、満足に多くの奉公人を抱えているわけにはいかなくなり、臨時雇いの奉公人ばかりだと聞いた。だから、中間も方々の武士の家を渡り歩いているのが実情だ。

武士の奉公人は給金も安く、先の見通しが立たない。それに、自分は主人の顔色を窺《うかが》って暮らしていけるような性分《しょうぶん》でもないとわかった。

侍になりたいと思ったのは剣の腕に自信があったからだ。厩橋近郊の村にいたとき、庄屋《しょうや》が無類の剣術好きで、名の知れた剣客を屋敷に招いて剣の手解《てほど》きを受けていた。子どもだった長吉はいつもその様子を見に行っていたが、いつしか長吉も剣の指導を受けるようになっていた。

長吉の剣の腕はめきめき上達し、庄屋も目を瞠《みは》り、滞在している剣豪も感嘆するようになった。

そういうことがあって、行く末は剣で身を立てたいという思いが強まって江戸に出て来たのだが、今は剣が物を言う時代ではなくなっていた。

暮しの困窮から、直参《じきさん》は武士の矜持《きょうじ》を失い、長吉が思い描いていたものとはまったく違っていた。

江戸に着いて早々《はやばや》と挫折《ざせつ》したが、食うために働かなければならなかった。その点では江戸は懐《ふところ》が深かった。

商家に奉公しなくても、また一銭もなくとも、借りた金で品物を仕入れ、天秤棒《てんびんぼう》を担いで振り売りで商売が出来るのだ。

最初は食うために棒手振《ぼてふ》りをやりはじめたが、今はいつしか小さくてもいいから自分の店を持ちたいという気持ちになっていた。

きょうも仕入れた豆腐を売り切り、万年橋《まんねんばし》から新大橋《しんおおはし》のほうに向かっていると、大川《おおかわ》の川岸の草むらで何かが光った。

朝陽を照り返したものが気になり、担いでいた天秤棒を置いて、川っぷちのほうに足を向けた。

右手には新大橋が見える。さらに川に近付いたとき、あっと声を上げて足を止めた。ひとがうつ伏せに倒れていた。侍だ。浪人ではない。抜身《ぬきみ》の刀が握られていた。その刀身に陽光が当たっていたのだ。

絶命していることがわかった。奇妙なことに袴《はかま》がめくれあがり、両足の脛《すね》が覗《のぞ》いていた。長吉は死体のそばに行き、傷を調べた。左の肩から へそのほうにかけて鋭い傷跡。見事な袈裟《けさ》斬《ぎ》りだ。

死んでだいぶ経《た》つ。殺されたのは昨夜だろう。長吉は斬った相手に興味を持った。かなり腕の立つ男だ。

いつまでも死体を調べていても仕方ない。長吉は急いで自身番《じしんばん》に駆け込んだ。

四半刻《しはんとき》（三十分）後に、定町廻《じょうまちまわ》り同心の末松裕太郎《すえまつゆうたろう》と岡っ引きの亀三《かめぞう》がやって来た。末松裕太郎は丸顔の二重顎で、肥った体の割には動きは敏捷《びんしょう》だった。亀三は裕太郎より二歳下の三十二歳。亀の甲羅《こうら》のようなごつい顔をしている。

「確か、おめえは棒手振りの……」

亀三は名が出て来ないようだった。

「へい。長吉です」

「そうだった。長吉だ」

亀三は食い付きそうな表情で、

「おめえが死体を見つけたのか」

と、きいた。

「へい。豆腐を売り切って長屋に帰ろうとしてここを通りかかったとき、何かが朝陽に照り返していたんです。で、近付いたらお侍が倒れていました。刀に朝陽が当たっていたんです」

「そうか」

長吉は死体を見つけたときの様子を正直に答えたが、もちろん、こっそり死体を検《あらた》めたことは黙っていた。

死体は刀で斬られていた。下手人《げしゅにん》は侍だと思われるので、長吉が疑われるようなことはなかった。

野次馬《やじうま》がだいぶ集まっていた。その中に、編笠《あみがさ》をかぶった侍が混じっていた。着流しに落とし差しだが、浪人とは思えなかった。

熱心に死体のほうを眺めているので印象に残った。

「旦那。印籠《いんろう》がありませんぜ」

亀三の声が聞こえた。

「なに、印籠がない？　その辺に落ちていないか」

末松裕太郎が驚いたようにきき返す。

「いえ、ありません」

亀三が答えてから、

「おい、長吉」

と、声をかけた。

「へい」

「印籠が落ちていなかったか」

「いえ」

「わかった。もういい」

どうして、印籠のことを気にしたのか、長吉は不思議だった。そのことを問おうとしたが、裕太郎も亀三も、もう長吉のことなど視野に入っていないようだった。

長吉が天秤棒を担ぎ、北森下町に向かって歩きはじめたとき、後ろから足音が追ってきた。

「おい。棒手振り」

乱暴な言い方で呼び止めたのは、さっきの編笠の侍だった。

「へい」

長吉は天秤棒を下ろした。

「あのホトケを見つけたのはおまえか」

「さようで」

長吉は笠の内の顔を覗き込みながら答える。顎《あご》がとんがり、鼻が高いことがわかった。

「傷はいくつあった？」

「傷ですかえ」

なんでこんなことをきくのだろうと思いながら、

「左肩からへそのところまで傷が残ってました。袈裟懸《が》けに斬られた傷だけだったように思えます」

「袈裟懸けか。そうか。わかった」

「そうそう、同心の旦那が変なことを言ってました」

「変なこと？」

「へえ、印籠がないって」

「………………」

「そんな騒ぐことですかねえ」

「呼び止めてすまなかった」

侍は踵《きびす》を返した。

印籠のことを言っても、何も答えなかったのはなぜだろうか。そんなことに答える必要はないと思ったのか。

長吉は再び天秤棒を担いだ。

昼過ぎ、長吉は今度は文庫を売り歩いていた。

文庫は竹籠《たけかご》に紙を貼って漆塗《うるし》りをした美しい小箱である。縫い針や指貫《ゆびぬき》などの小物入れだ。

竪川《たてかわ》を渡り、回向院《えこういん》前から亀戸天満宮《かめいどてんまんぐう》のほうに移動する。そこそこ売れて、夕方には気分よく、北森下町の長屋に帰って来た。

「長吉さん、お帰りなさい」

隣家に住むおたかがちょうど腰高障子《こしだかしょうじ》を開けて出て来たところだった。

「おや。これから買い物かえ」

「ええ、お惣菜《そうざい》を」

「そうか、じゃあ、俺のぶんも買って来てくれねえか。あっ、待って」

長吉は首から下げている巾着《きんちゃく》から銭を取り出そうとした。

「あとで、いいです」

おたかは下駄《げた》を鳴らして木戸を出て行った。

長吉は自分の住まいに入った。部屋の中は薄暗くなっていた。長吉は桶《おけ》に水を汲《く》み、足を濯《すす》ぐ。

歩き通しだったので、足はかなり汚れ、いつも洗ったあとは泥水のようになる。流しに水を捨てて、部屋に上がる。

部屋の中は薄暗くなっていたが、行灯《あんどん》に火を入れるにはまだ早い。天窓からまだ夕暮れの明かりがかすかに射している。

腰高障子が開いたので、おたかだと思ったが、顔を向けておやっと思った。岡っ引きの亀三だった。

「これは親分さん」

長吉は土間のほうに出て行く。

「長吉。ちょっとききてえことがある」

「へい」

長吉は畏《かしこ》まった。

「おめえが侍の死体を見つけたとき、もうひとり、あの場所を通った人間がいたんだが、気がつかなかったか」

「えっ？　まったく知りませんでした」

「そうか。おめえの同業だ。おめえの後ろを歩いていた。この男は、おめえが川辺のほうに向かったのを見ていたんだ」

「…………」

長吉に不安が芽生えた。

「やい。長吉。ここまで言ってもわからねえのか」

亀三が癇癪《かんしゃく》を起こしたように声を荒らげ、

「さあ、有体《ありてい》に言うんだ」

「親分。あっしには何のことかわからねえ」

「そうか。じゃあ、言ってやろう。てめえ、ホトケのそばで何かしていたそうだな」

「えっ？」

「どうだ。観念して正直に言うんだ」

「親分。違うんです。あれは違うんです」

長吉はあわてて言う。

「違うって何だ？　おめえはホトケのそばにしゃがんで何かしていたそうだな」

長吉は口の中がからからに乾いて声を詰まらせながら、

「じつは、傷を見ていたんです。ほんとうです」

「傷だと？」

「あっしは剣術を習っていたことがあったので、相手がどんな腕前かを知りたかったんです」

「剣術を習っていただと？　棒手振りのくせしやがって、笑わせるな」

「へえ。でも、ほんとうなんで」

「だからったって、相手の腕前が気になるってのも妙ではないか。傷からわかるっていうのか」

「あっしに剣術を教えてくれた師は、鋭い斬り込みなら血は流れず、傷跡もよく見ないとわからないと仰《おっしゃ》ってました。そんな凄腕の剣客が斬った死体がどんな傷跡か、見てみたいとずっと思ってました。たまたま、目の前に斬殺死体があったので、つい傷口を見たくなって……」

「おう、長吉。おかみを舐《な》めるんじゃねえ」

亀三が眦《まなじり》をつり上げた。

「てめえ、そんな言い訳が通用すると思っているのか。死体から印籠と財布を盗んだだろう。正直に言え」

「とんでもない。あっしはそんなことしちゃいません。第一、ホトケには指一本触れちゃいません」

長吉は懸命に訴えた。

「その証《あかし》はあるのか」

「それは……でも、印籠と財布なんて知りません。斬った人間が持って行ったんじゃありませんか」

「ほんとうに持って行っていないんだな」

亀三が念を押す。

「ほんとうです。第一、印籠なんて盗んだってしかたありません。それとも、高価な印籠なんですかえ」

「根付《ねつけ》が狙いかもしれねえ」

亀三に最初の勢いはなかった。

「それにしたって、あっしには無用の長物《ちょうぶつ》ですぜ」

「そうか。ほんとうなんだな」

くどく念を押すが、亀三はもう疑いを解いたようだ。あまりにも、あっさりし過ぎているように思える。

「親分。あんとき、末松の旦那も印籠のことで騒いでいましたね。いってえ、印籠がどうかしたんですか」

「じつはな、十日ほど前に、霊巌寺《れいがんじ》裏の雑木林から侍の斬殺死体が見つかった。胴を斬られていたんだが、印籠を持っていなかった」

「…………」

同じような斬殺死体が見つかっていたことに、長吉は背筋をぞっとさせた。

「妻女にきいたら、いつも印籠は持っていたと言う。闘いの最中にどこかで落としたのかもしれないと思っていたのだ。だが、今朝のホトケも印籠を持っていなかった。おめえがホトケのそばでしゃがんでいたというから、もしやと思ってきいてみたんだ。おめえの言うことが嘘じゃなければな」

「嘘じゃありません」

「だとしたら、同じ下手人で、斬ったあと、印籠を持ち去ったことになる」

「でも、なんででしょうか」

長吉は首を傾《かし》げた。

「わからねえ」

「斬ったのは同じ侍ですかえ」

「なんとも言えねえ。邪魔した」

「あっ、親分さん」

長吉は亀三を呼び止め、

「今朝のホトケはどなたなんですかえ」

「本所南割下水《ほんじょみなみわりげすい》の御家人島崎弥二郎《しまざきやじろう》だ」

「霊巌寺裏のホトケは？」

「深川元町《ふかがわもとまち》に住む御徒衆《おかちしゅう》の安田弘蔵《やすだこうぞう》だ。おう、長吉。今後はあまり怪しい動きをするんじゃねえぜ」

「へい」

亀三が土間を出て行った。

間を置いて、おたかが入って来た。

「長吉さん。何かあったの？」

「なんでもねえよ。じつは今朝、死体を見つけちまったんだ。そのことでやって来たんだ。もう、だいじょうぶだ」

「そう。家に入れないで、待っていたのよ。はい、これ」

「すまねえな。いくらだえ」

「いいの。いつも、長吉さんにはお世話になっているし」

「そうはいかねえ。おたかちゃんはおっかさんの面倒を見ているんだ」

母娘ふたり暮しだが、母親のおせきは病気がちで寝たり起きたりの暮しで、おたかが近くの古着屋の縫い子をして家計を支えている。

「いいの。ほんとうよ。今、御付けを持って来るわね」

「すまねえな」

土間を出て行ったおたかを見送った。長吉が武家奉公人を諦めたのは武家奉公に希望を見出せないこともあったが、おたかと巡り逢ったことが一番の理由だ。

小さくてもいい。自分の店を持ち、おたかと母親の面倒をみるのだ、長吉は心に決めたのだった。

二

数日後の朝、栄次郎《えいじろう》は本郷《ほんごう》の屋敷を出て、湯島《ゆしま》の切通《きりどお》しを下った。不忍池《しのばずのいけ》や寛永寺《かんえいじ》の五重塔から下谷《したや》、浅草《あさくさ》方面のたくさんの寺の伽藍《がらん》が一望出来る。

栄次郎は二百石の御家人矢内《やない》家の次男坊である。いわゆる部屋住《へやずみ》だ。今は当主である兄矢内栄之進《えいのしん》のやっかい者だ。

栄次郎は天神裏門坂《てんじんうらもんざか》通から御徒町《おかちまち》を抜け、三味線堀《しゃみせんぼり》の脇を通り、鳥越《とりごえ》の長唄《ながうた》の師匠杵屋吉右衛門《きねやきちえもん》宅に向かった。

義太夫《ぎだゆう》、常磐津《ときわづ》、清元《きよもと》などの「語りもの」と呼ばれる浄瑠璃《じょうるり》と「唄もの」である長唄の両方を、吉右衛門師匠から習っているのだ。

栄次郎の細い顔とすらりとした体つきに気品を漂わせるものがあるが、それとともに芝居の役者のような柔らかい雰囲気がある。栄次郎が三味線弾きだからだ。

母はどこぞいいところに養子に出して栄達の道を歩ませたいようだが、栄次郎はゆくゆくは武士を捨て、三味線弾きとして身を立てたいと思っている。

だが、母にそのようなことを言おうものなら卒倒《そっとう》しかねないので、今はまだ道楽で三味線を弾いていると思わせている。

師匠の家に着くと、きょうは一番乗りで、すぐに稽古《けいこ》をする部屋に行き、見台《けんだい》をはさんで師匠と向かい合っていた。

「吉栄《きちえい》さん。先日はご苦労さまでした」

栄次郎は杵屋吉栄という名取名《なとりな》を持っていた。

「いえ、こちらこそありがとうございました」

先月の市村座《いちむらざ》で市村咲之丞《さきのじょう》の舞踊の地方《じかた》として、師匠とともに舞台で三味線を弾いたのである。

最近では、師匠が出演する舞台にはほとんど栄次郎もいっしょに出ている。

栄次郎が三味線を習うきっかけは、悪所《あくしょ》通いでさんざん遊んでいる頃、ある店で、きりりとした渋い男を見かけた。決していい男ではないのに、体全体から男の色気が滲《にじ》み出ていた。

その男が吉右衛門だった。長唄を習えば、あのように粋《いき》で色っぽい男になれるかもしれない。少しでも師匠のような男になりたいと思い、吉右衛門に弟子入りをしたのだ。

「きょうから、新しいものをはじめましょうか」

吉右衛門は言い、幾つかの曲を言った。そのとき、格子戸が開き、訪問を告げる声がした。しばらくして、内弟子の和助《わすけ》がやって来た。

「お稽古中、申し訳ございません。今、『並木屋《なみきや》』の番頭さんがおいでになって、大旦那がしきりに師匠にお会いしたがっているそうです」

「大旦那が……」

吉右衛門の表情が翳《かげ》った。

「師匠。どうぞ、番頭さんの話を聞いてあげてください。和助さん、番頭さんをこちらにお呼びしてください」

和助は師匠の顔を見て確かめ、それから番頭を呼びに行った。『並木屋』は日本橋《にほんばし》本町《ほんちょう》三丁目にある木綿問屋で、大旦那は吉右衛門の後援をしている人間だった。

若き日の吉右衛門の才能に惚れ込み、会があるたびにかなりの額の支援をしてきた。

私が今あるのも大旦那のおかげだ、と吉右衛門は常々言っていた。

「失礼いたします」

番頭が和助に連れられ、部屋に入って来た。栄次郎は場所を譲った。

「すみません」

番頭は栄次郎に謝し、吉右衛門に一歩近付き、

「師匠。大旦那の容体《ようだい》が急変し、お医者の話では今夜が峠かと」

「なんですって。そんなに悪かったのですか」

「はい。十日前に倒れたときは、養生すれば直《じき》によくなるという話でしたが、だんだん痩《や》せてきて」

番頭は頭を下げ、

「大旦那が頻《しき》りに師匠の名を呼んでいます。どうか、御足労《ごそくろう》願えませんか」

「わかりました。大旦那は私の恩人です。すぐ、お伺《うかが》いいたします」

「ありがとうございます」

「吉栄さん。すまない。きょうの稽古は中止させてください」

「もちろんです。私は構いません。他のお弟子さんもわかってくれるはずです」

「和助。あとは頼む。場合によっては、帰りは夜になるかもしれない」

「はい。では、今駕籠《かご》を」

和助が行きかけたのを番頭が押しとどめ、

「私が乗って来た駕籠をお使いください。私はあとから歩いて参ります」

「よいのですか」

「はい」

「では、そうさせていただきましょう。和助、支度だ」

吉右衛門は隣りの部屋に行き、着替えた。

栄次郎は吉右衛門を乗せた駕籠を見送ってから、和助に挨拶をし、師匠の家をあとにした。『並木屋』の大旦那は自分ではやらないが、芸事《げいごと》を見るのが好きで、歌舞伎《かぶき》の後援もしていた。

だが、娘婿《むすめむこ》の時左衛門《ときざえもん》はまったく芸事には無関心だった。そのことを、大旦那はこぼしていたらしい。

大旦那にもしものことがあったら、吉右衛門にとっても大事な後援者を失うことになり、痛手であろう。

そのことを思うと、栄次郎は胸が痛んだ。

それから四半刻後、栄次郎は浅草黒船町《くろふねちょう》のお秋《あき》の家に行った。

お秋は矢内家に年季奉公をしていた女で、今は八丁堀《はっちょうぼり》与力崎田《さきた》孫兵衛《まごべえ》の妾《めかけ》になっていた。世間には腹違いの妹と称している。

「栄次郎さん、いらっしゃい。早かったのね。きょうは稽古日でしょう」

お秋はうれしそうに言う。

「ええ、師匠に急用が出来て、稽古が取り止めになったのです」

「そう。早く来てくれるのはうれしいわ」

三味線の稽古のために、栄次郎は二階のとば口の部屋を借りている。本郷の屋敷では母がいるので三味線を弾けないのだ。

二階にはもうひとつの西側の部屋があるが、お秋はこの部屋を逢引きの男女のために貸して、小遣い稼ぎをしているのだ。八丁堀与力の妹の家だという安心感があるのか、かなり利用者がいる。

二階の部屋に行く。床の間には三味線が置いてあり、刀掛けもある。窓からはすぐ目の先に大川が流れ、右手には御厩橋《おうまやばし》の渡しがあり、今まさに渡し船が本所側に向かって出発しようとしていた。

初秋の風が気持ちいい。だが、すぐに『並木屋』の大旦那のことを思い出して気持ちを重くした。

　すでに吉右衛門は大旦那と会っている頃だろう。大旦那は何を語り、吉右衛門はなんと応じるのか。

　その後、夕方まで三味線の稽古をし、部屋の中が薄暗くなって、お秋が行灯に火を入れに来た。

「栄次郎さん」

　火を入れ終わったあと、

「きょう旦那が栄次郎さんといっしょに呑みたいそうよ。つきあってくださいな」

　と、誘った。

「わかりました」

　同心支配掛かりの崎田孫兵衛という男だ。同心支配掛かりは同心の監督や任免などを行なう。また、この同心支配掛かりから町奉行所与力の最高位である年番方《ねんばんかた》になるのであるから、孫兵衛は有能な与力なのだ。

　そんな与力が妾を囲い、妾は待合茶屋のように逢引きの男女に部屋を貸している。本人たちは、そのことに何とも思っていないようだ。

「じゃあ、旦那が来たら呼びに来ます」

お秋が部屋を出て行った。

しばらく三味線を弾いていると、梯子段《はしごだん》を上がる足音がしたので、栄次郎は撥《ばち》を弾く手を止めた。

「栄次郎さん。旦那がお見えになったわ」

「わかりました。すぐ、行きます」

栄次郎は三味線を片づけ、階下に向かった。

孫兵衛は長火鉢の前ででんと座っていた。奉行所与力の威厳はどこにもなく、顔もてかてかして、好色な中年男にしか見えない。

だが、きょうはいつもに比べ、なんとなく元気がなさそうだった。いつもなら、大きな声で声をかけてくるのに、栄次郎の顔を見ても何も言わなかった。

「さあ、栄次郎さん」

お秋が酌をしてくれる。

「じゃあ、いただきます」

孫兵衛に向かって言うが、黙って頷いただけだ。

「崎田さま」

栄次郎は不思議に思って声をかけた。

「うむ？　呼んだか」

「はい。今夜の崎田さまは心ここにあらずのように見受けられますが、何かございましたか」

栄次郎は遠慮なくきいた。

「そうか。ちとさっきから考えごとをしとってな」

「考えごとですか」

「うむ」

憂鬱《ゆううつ》そうに、孫兵衛は唸《うな》る。

「もしや、お秋さんとのことで、何か」

妻女に知られたのではないかと、気にした。

「そんなんではない」

「では、何を？」

孫兵衛は酒を呷《あお》ってから、

「今朝、また妙な斬殺死体が見つかった」

「また？　以前にも？」

「そうだ。半月ほど前にひとり、五日前にひとり、そしてきょうだ」

「そんなことがあったのですか。どこでですか」

「過去二回とも、深川だ。最初は霊巌寺裏手の雑木林。次は、万年橋近くの大川辺だ。いずれも斬られたのは直参」

孫兵衛は顔を歪め、怒ったように続けた。

「今朝は鉄砲洲《てっぽうず》稲荷《いなり》裏の空き地だ」

「やはり、直参ですか」

「そうだ。直参だ。三人とも刀を抜いていた。立ち合った末に斬られている。かなりの腕だ」

「同じ人間の仕業《しわざ》なのですか」

「同じだろう」

「そう思われるのは斬り口からですか」

「いや」

「では、その根拠が？」

「この三人とも印籠を盗まれていた」

「印籠ですか。細工を施《ほどこ》した豪華なものを持っていたのでしょうか」

「いや。妻女が言うには安物らしい」

「安物？」

「殺された三人とも小禄《しょうろく》の武士だ。高価なものを持つゆとりはない」

「では、なぜ、印籠を」

栄次郎も首を傾げた。

「武家のことにはなかなか踏み込んで調べが出来ない」

「そうでしたか」

「僅《わず》かな期間で直参三人が殺された。三人にどのようなつながりがあるのかわからない。奉行所は武家を調べることが出来ない。直参が狙われているのだから、同じ直参同士で何か揉め事が起きていると想像出来るが……」

孫兵衛は悔しそうに言ったあとで、

「もう、くよくよ考えても仕方ない。さあ、呑むか」

と、気分を変えようと大きな声を出した。

だが、栄次郎は御徒目付《おかちめつけ》の兄栄之進のことを考えた。兄がこの事件に関わっているような気がした。

それから一刻（二時間）後、栄次郎は本郷の屋敷に帰った。

兄はまだ帰っていないようだった。栄次郎は母に挨拶をし、自分の部屋に入った。『並木屋』の大旦那に思いを馳せた。今夜が峠だと言われたらしいが、なんとか持ち直して欲しいと願った。

師匠の吉右衛門にとって大事なひとなのだ。

大旦那が亡くなることは、『並木屋』とのつながりが途切れることになる。吉右衛門師匠の芸を認める人間がいなくなることは悲しいことだった。

廊下に足音がした。兄が帰って来たようだ。ほどなく、兄の部屋の襖《ふすま》が開く音がした。

「栄次郎、起きているか」

廊下で、兄の声がした。

「はい、どうぞ」

障子を開けて、兄が入って来た。手に徳利《とくり》を持っていた。

「兄上、どうしたのですか」

「いや。ちょっと呑みたくなってな。で、つきあってもらおうと思ってな」

兄が入って来て部屋の真ん中に座った。

珍しいことだ、というより、こんなことははじめてだ。

兄から酌《しゃく》を受けながら、

「兄上。何かございましたか」

と、栄次郎はきいた。

「いや、なんでもない。たまには栄次郎と呑もうと思ってな」

「そうですか。あっ、私が」

「いい」

兄は自分で注いだ。

「いただきます」

栄次郎は盃の酒を呑み干したあと、

「『一よし』のほうに足は運んでいらっしゃいますか」

と、栄次郎はきいた。

兄は亡き父に似て、いつも難しそうな顔をしていて、朴念仁《ぼくねんじん》のように見えるが、じつは案外と砕《くだ》けた人間だった。

義姉が亡くなったあと、塞《ふさ》ぎ込んでいる兄を強引に深川永代寺《えいたいじ》裏にある『一よし』という遊女屋に連れて行ったら、すっかりやみつきになっていた。目当ての女に会うだけでなく、見世《みせ》の女たちを集めて笑わせたりしていた。

「忙しくてな。ご無沙汰だ」

「ひょっとして、御家人が殺された事件ですか」

　栄次郎は孫兵衛から聞いた話をした。

「知っていたか」

「崎田孫兵衛さまが仰っていました。この半月あまりで三人が斬られたそうですね」

「そうなんだ。最初に霊巌寺裏の雑木林の中で、深川元町に住む御徒衆の安田弘蔵の斬殺死体が見つかり、二番目が本所南割下水の島崎弥二郎、そして今朝、鉄砲洲稲荷の裏で、南飯田町《みなみいいだまち》に住む広敷添番《ひろしきそえばん》の沖中《おきなか》三四郎《さんしろう》の斬殺死体が見つかった。この三人につながりはまったくない」

「知り合いでもなかったのですか」

「そうだ。役務上も何もない。住んでいる場所も少し離れている」

「斬ったのは同じ直参だろうということでしたが」

「そうであろう」

「印籠が盗まれていたそうですね」

「そうだ。印籠は三人とも盗まれていた。狙いは印籠のようだが、三人とも印籠は高価なものではない。なぜ、印籠を盗んだのか」

兄は首をひねった。

「財布は？」

「島崎弥二郎は財布を盗まれていた。だが、他のふたりは盗まれていない」

「強盗ではないようですね」

「金目当てで、狙うような相手ではない」

兄は酒を呷ってから、

「直参の中で、公儀のやり方に不満を持つ人間、最近になって、不始末からお役御免になった者などを洗っているが、手掛かりは得られない」

「兄上」

栄次郎はまだ考えがまとまらないが、

「やはり、印籠が重大ですね。印籠がどんな意味を持つのか」

と、自分自身にも言い聞かせるように言う。

「どんなことが考えられる？」

「何か重大な秘密が隠されている印籠を探しているという考えも出来ますが、襲われた三人につながりがないのであれば、その考えは成り立ちません。ただ、闇雲《やみくも》に印籠を奪っても目的の印籠は見つけ出せるはずがありませんから」

「……………」

兄が黙ったままじっと栄次郎の顔を見つめていた。

「兄上、どうかなさいましたか」

「栄次郎」

「はい」

「この相手はふつうの考えの持ち主ではないかもしれぬ。いや、狂っているというわけではない。我らの考えが及ばぬような目論見《もくろみ》があるようにも思える」

「そうですね」

「どうだ、そなたもひそかに探索してくれぬか」

「私がですか」

「そうだ。ぜひ、頼む。俺に力を貸してくれ」

兄が手をついた。

「兄上、お止めください。わかりました。やってみます」

「そうか、やってくれるか」

兄の表情が幾分明るくなった。

「新八《しんぱち》さんを借りてよろしいですか」

「もちろんだ」

新八は豪商の屋敷や大名屋敷、富裕な旗本屋敷を専門に狙う盗人《ぬすっと》だったが、ある旗本屋敷に忍び込んだとき、当主の旗本が女中を手込めにしようとしているのを天井裏から見て、義侠心《ぎきょうしん》から女を助けた。そのことで、足がついてしまい、追われる身となったのを、栄次郎が兄に頼んで、御徒目付の密偵という体《てい》で助けたのだ。

「よし。これで安心して眠れそうだ」

兄は正直に呟《つぶや》いて引き揚げて行った。

栄次郎はふとんに入ったが、印籠のことを考えてなかなか寝つけなかった。そのぶん、兄はぐっすり眠っているのだろうと思った。

三

長吉は天秤棒を担いで、「トウフー、ナマアゲ、ガンモドキー」と声を上げながら冬木町《ふゆきちょう》の長屋木戸を入った。

はじめての長屋だ。今まで顔をだしていた長屋に行ったら、数日前からぴたっと売れなくなった。新しい豆腐売りがやって来て安く売っているらしい。それで、きょうははじめての長屋に行ってみた。

「あら、あんた、はじめてね」

「へえ、よろしくお願いいたします」

長屋の女房たちが豆腐や生揚げを買ってくれた。

「豆腐屋。豆腐をもらおう」

大柄な浪人が声をかけた。眉毛が太くて濃い。三十半ばぐらいだ。

「へい。ありがとうございます」

椀に豆腐を移す。浪人はぶっとい腕の大きな手で椀を受け取った。

「豆腐屋、ここははじめてか」

「へい、さようで」

「そうか。ここにも何人か、豆腐屋がやって来る。競争がたいへんだな」

「へい」

「おまえはいくつだ？」

「三十四です」

「三十四か」

浪人は目を細めた。

「ほれ、銭だ」

「へい。今、おつりを」

「いい、とっておけ」

気前のいい浪人だった。

「いいんですかえ」

「ああ」

浪人は自分の住まいに引き揚げて行った。

だが、いいことは続かない。あとはさっぱり売れなかった。どうにか売り切ったのはどうしようもなく値切ったからで、これでは儲けはなかった。

北森下町の長屋に帰ったのもいつもよりだいぶ遅かった。腰高障子を開けると、岡っ引きの亀三が上がり框《かまち》に座って莨《たばこ》を吸っていた。

「親分」

「遅かったな」

「へい。また競争相手が増えて。なかなか売れねえんです」

長吉は愚痴《ぐち》っぽく言う。

「親分。きょうはなんですね」

部屋に上がってから、改めて亀三と面と向かう。

「きのうの朝、鉄砲洲稲荷の裏で、侍の斬殺死体が見つかった」

「えっ、またですかえ」

「縄張り違いだから、ホトケは見てはいないが、やはり印籠が盗まれていたそうだ」

「印籠ですって。じゃあ、同じ人間ですね」

「そうだ。一昨日《おととい》の夜、斬られた」

「いってえ、誰がなんのために殺しを続けているんでしょう」

「わからねえ」

受け答えをしながら、なぜ亀三がまた俺のところにやって来たのかと考えた。

「ところで、長吉。おめえ、大川辺でホトケを見たときのことだが、俺たちと話をしたあと、通りで編笠の侍と話していたな。確か、黒の着流しだ」

「へい。そのとおりで」

「何を話したのだ？」

「傷はいくつあったのかときかれました」

「傷？」

「へえ、なんでそんなことをきくのだろうと思いながら、左肩からへそのところまで傷が残っていて、袈裟懸けに斬られた傷だけだったようですと答えました。そしたら、袈裟懸けか。そうか。わかった、と……」

長吉は不思議そうに、

「いってえ、そのお侍さんがどうかしたんですかえ」

「笠の内の顔を見たか」

長吉の問いかけに答えず、亀三はきく。

「へえ。見ました。顔の半分がわかりました。顎がとんがり、鼻が高かったように覚えています」

「そうか」

亀三は深刻そうな顔をした。

「親分。その侍が何か」

「おそらく、沖中三四郎だ」

「沖中三四郎って誰ですね」

「きのうの朝、斬殺死体で見つかった侍だ」

「えっ、どうして、そんなことがわかるんですか」

「沖中三四郎は数日前の早朝、黒の着流しで、朝早く、深川に向かったと、妻女が言っていたそうだ。顎がとんがり、鼻が高い。沖中三四郎の特徴、そのものだ」

「どういうことですかえ」

「まず、旦那に報告してからだ。邪魔したな」

亀三はあわてて土間を出て行った。

昼過ぎ、文庫売りの行商に出たが、気がつくと、島崎弥二郎が斬殺された場所にやって来た。

改めて、沖中三四郎のことに思いを馳せた。沖中は前夜、ここで何があったのかわかっていて、わざわざ様子を見に来たのではないか。

さらにいえば、沖中は島崎弥二郎を斬った相手を知っていたのではないか。そのことを確かめにここにやって来た。

それで、その男のところに行き、逆に殺されたのでは……。

小名木川《おなぎがわ》にかかる万年橋を渡り、仙台堀《せんだいぼり》、油堀川《あぶらぼりがわ》を越えて佐賀町《さがちょう》から永代橋を渡って、長吉は霊岸島《れいがんじま》を経て、鉄砲洲稲荷までやって来た。

鉄砲洲稲荷の人出も多い。長吉はしばらく鳥居の前で商売をし、幾つか文庫を売ってから、荷を背負って稲荷の裏に向かった。

周囲に木立があるが、広い空き地になっていた。ここに来たからといって何がわかるというものではない。

長吉は荷を担いだまま空き地を見ていた。鉄砲洲稲荷の境内の賑わいはここまで伝わってこない。沖中三四郎がこんな寂しい場所にやって来たのは、島崎弥二郎を斬った相手と会うためだろう。

ただ、わからないことがある。沖中三四郎と島崎弥二郎には交流がないことだ。沖中三四郎はなぜ、会ったこともない島崎弥二郎のために、相手と会わねばならなかったのか。

もっと他に理由があったのだろうか。どうも、三四郎が弥二郎を斬った相手に会いに行ったと考えるには理由が乏しいような気もする。

大きく深呼吸をして引き揚げようとしたとき、ひとりの若い侍がやって来た。二十代半ばの凛々《りり》しい顔立ちの武士だ。なんとなく匂うような色気を感じる侍だった。

空き地を眺めている。沖中三四郎の身内か知り合いだろう。立ち止まって思案げにしている。

長吉は近付いて声をかけた。

「もし」

「はい」

侍は整った顔を向けた。

「沖中三四郎さまのお身内でいらっしゃいますか」

「あなたは?」

「はい。五、六日ほど前、沖中さまが深川にいらっしゃったとき、ちょっとお話をさせていただいた者です。島崎弥二郎さまが斬殺死体で見つかったときです」

「申し訳ありません。私は沖中さまの身内ではありません。矢内栄次郎と申します」

「これは早とちりで。失礼いたしました」

長吉が引き揚げようとすると、栄次郎が呼び止めた。

「もし。今のお話を伺わせていただけませんか」

「へえ」

長吉は荷を下ろし、

「何からお話をすれば?」

と、確かめる。

「万年橋のそばの大川辺で殺された島崎弥二郎さまのことをご存じなんですね」

「へえ。あっしが最初に見つけ、自身番に届けました」

「そうでしたか。で、沖中さまはその場にいたのですか」

「そうなんです。あっしが同心の旦那に死体を見つけたときの話をしているとき、編笠をかぶったお侍さんが野次馬の中にいました。で、そのあとで、お侍に声をかけられたんです。死体の傷跡について」

「死体の傷跡ですか」

「ですから、袈裟懸けの傷が一カ所だけと教えてやりました。それだけで、引き揚げて行きました。ところが、今朝、亀三って岡っ引きが長屋にやって来て、昨日の朝、ここで見つかった沖中三四郎が五、六日ほど前の朝早く、編笠をかぶって深川に行ったと……」

「で、沖中さまに間違いないのですね」

「顔の特徴など、沖中さまと同じでした」

「そうですか。沖中さまが深川の現場に……」

栄次郎は考え込んでいる。

「失礼ですが、矢内さまはこの事件をお調べに？」

「御徒目付の兄の手伝いなんです。少しでも手助けになればと思って。あなたは、どうして？」

「僅かでも関わったお方が亡くなったんで、その場所を見てみたくなったんです。それに、ちょっと奇妙なことがあって」

「奇妙なこと？」

「ええ。沖中さまに印籠がなくなっているという話をしたんです。そしたら、沖中さまは何も答えませんでした。なんだか、印籠のことを知っていたのかと。そしたら、沖中さまの亡骸《なきがら》からも印籠がなくなっていたんです。そのことも気になって」

「印籠の件も不思議ですが、沖中さまは、深川の大川辺で、何が起こったか知っていたようですね。どうして、知ってたんでしょうか」

栄次郎は疑問を口にした。

「そうですね。印籠のことも知っているようでした」

栄次郎は改めて長吉に顔を向け、

「あなたの名前を教えていただけませんか」

「あっしは北森下町に住む長吉って言います」

「長吉さんですね。また、何かあったら教えていただくかもしれません。その節はよろしく」

「お役に立てるかどうかわかりませんが、いつでも構いません」

そう言い、長吉はその場を離れた。

途中で振り返ると、栄次郎はまだ何か考えていた。


栄次郎は沖中三四郎が島崎弥二郎の斬殺現場まで足を運んでいたことを重大に考えていた。

三四郎は何らかの事情で、前夜、弥二郎が何者かと闘うことを知っていた。それで、夜が明けて現場までやって来た。

そうだとしたら、いったいどうして知ったのか。兄の話では殺された三人にお互いの面識はないという。

それなのにどうして、三四郎は弥二郎の死の真相を知ったのか。いや、と栄次郎は考えを思い止《とど》まる。

三四郎が知っていたのは弥二郎を斬った相手のほうかもしれない。殺された三人につながりがあるのではなく、斬ったほうの相手はそれぞれに関わりがあるのかもしれない。

三四郎の屋敷がこの近くだということを考えれば、斬殺者のほうが三四郎に会いに行ったのであろう。

斬殺者は何者かから三人を殺すように依頼された刺客かもしれない。

足音が近付いてきた。新八だった。

「沖中三四郎らしい侍がこっちに向かうのを見ていた者がおりました。夜参りに来た商家の内儀さんです」

「ごくろうさまでした」

新八は近所を聞き込んで来たのだ。

「ひとりでここにやって来たのだとすると、沖中どのは相手とここで待ち合わせしていたということになりますね」

「ええ。残念ながら、相手の男を見た者は見つかりませんでした」

ふたりはその場を離れ、正面の鳥居のほうに移動した。

「栄次郎さん。町方が」

同心と岡っ引きが今まで栄次郎たちがいたほうに向かった。もう少しこっちに移動するのが遅かったら、出くわしていた。声をかけられ、煩《わずら》わしいことになりそうだった。

稲荷橋を渡り、霊岸島を経て、永代橋を渡る。

「三人がお互いに知らなくても、なんらか共通するものがあるはずです。それを見つけるのも至難の業《わざ》かもしれませんが」

栄次郎は呟く。

「それにしても、印籠はどんな意味があるんでしょうね」

新八が不思議そうに言う。

橋の真ん中で、栄次郎は立ち止まった。

「富士山、きょうもよく見えますね」

連日、晴天が続いている。

「ええ。冠雪ではないのが残念ですが」

他には何人か立ち止まって富士に目をやっていた。

「そういえば、『並木屋』の大旦那はいけなかったそうですね」

再び、歩きはじめて、新八が言う。

「ええ。師匠が呼ばれた日は保《も》ったようですが、次の日、師匠がやって来るのを待っていたように息を引き取ったそうです」

「通夜には栄次郎さんも？」

「ええ、師匠といっしょに行くつもりです」

「いつですか」

「今夜です」

「今夜ですか」

新八もしんみりしてから、

「今の当主は、芸事には興味を示さないようですね」

と、残念そうに言う。

「ええ。まったく、関心はないようです」

「有力な後援者のひとりを失うのはほんとうに残念ですね」

新八はため息混じりに言う。

永代橋を渡り、油堀川に沿って、霊巌寺に足を向けた。

霊巌寺裏の雑木林で、深川元町に住む御徒衆の安田弘蔵が斬殺死体で見つかったのだ。その雑木林にやって来た。

鉄砲洲稲荷の裏もそうだが、夜は人気《ひとけ》のない寂しい場所だ。周囲には人家もない。

ここにやって来たのは最初から剣を交えるつもりだったのだろう。

それから、大川辺に向かった。小名木川沿いを行き、万年橋を渡る。

「あの辺りですね」

新八が言い、草むらに足を踏み入れる。

栄次郎も続く。ここも夜ともなれば、誰にも邪魔されずに剣を交えることが出来る。

栄次郎は波打ち際に立った。

三カ所で、斬り合いがあった。犠牲になったのは小禄の御家人だ。何者かが放った刺客の仕業だとしても説明がつかないことがある。

三カ所ともわざわざ足を向けなければ行けない場所だ。なぜ、殺された三人はのこのこ寂しい場所に行かねばならなかったのか。

「刺客ではない」

思わず、栄次郎は口にした。

「なんですか」

新八が聞きとがめた。

「刺客が三人を襲ったのではないようです。刺客なら、このような場所で争うはずはありません」

「そうですね。まるで、決闘のようです」

「決闘ですか」

確かに、沖中三四郎は鉄砲洲稲荷裏にひとりで出かけている。武士に恨みを抱く者が次々と襲っていったという状況ではない。

「新八さん。深川元町に住む安田弘蔵、本所南割下水に住む島崎弥二郎について出入りの商人などから話を聞いて来てくれませんか。もしかしたら、女、博打《ばくち》などでなんらかの共通するものがあるかもしれません」

「わかりました」

栄次郎は通夜に行くためにいったん屋敷に帰るつもりだった。

その夜、栄次郎は吉右衛門とともに日本橋本町にある『並木屋』を訪問した。

遺体は座棺に納められて、すでに僧侶の読経がはじまっていた。弔問客《ちょうもんきゃく》は溢れんばかりであった。

焼香《しょうこう》し、死者との別れをしたあとで、大広間で酒食のもてなしを受けたが、弔問客に酒を注ぎまわって、娘婿の当主時左衛門はひとりはしゃいでいるように思えた。

「なんという男だ」

吉右衛門が時左衛門を非難した。

「帰りましょう」

吉右衛門が立ち上がった。

「わかりました」

栄次郎も立ち上がった。

吉右衛門が腹を立てている理由はわかった。大旦那が亡くなったとたん、時左衛門は掌《てのひら》を返したように吉右衛門に冷たい態度に出たのだ。吉右衛門だけにではない。芝居関係者にも同じだ。

日頃から芸事を支援をしてきたことに、時左衛門は面白く思っていなかったようで、芝居関係者らに冷たくすることで『並木屋』は芸事の支援から一切《いっさい》手を引くと世間に向けて言っているのだ。

栄次郎と吉右衛門は『並木屋』を出て、本町通りを神田川方面に向かった。

「これから、『並木屋』はどうなるのでしょう」

栄次郎は気になった。

「金儲けが第一ということでしょう。大旦那は芸事への後援を続けるように言い残したそうですが、時左衛門さんは聞き入れないでしょう。遺言なんですが、時左衛門にとっては金をどぶに捨てるようなものなのです」

吉右衛門は憤然と言う。

「大旦那も死に切れませんね」

「大旦那には後援を約束していましたが、亡くなったあとはもう反故《ほご》です。市村座の座頭が文句を言っていたが、まったく聞く耳を持たない」

吉右衛門は寂しそうに、

「ほんとうはゆっくり大旦那にお別れを言いたかったのですが」

と、呟いた。

「吉栄さん。どこかで一杯やりながら、大旦那の冥福を祈りたいのですが」

「おつきあいいたします」

吉右衛門の目尻が濡れているのを見ながら、栄次郎は答えた。

四

長吉は豆腐を担いで冬木町の長屋に入って行った。

腰高障子が開いて、小肥りの女が顔を出したが、長吉を見てすぐ引っ込んだ。明け六つ（午前六時）を過ぎたばかりだ。時間が早すぎるのだろうか。

「豆腐屋」

いつもの浪人が出て来た。

「一丁もらおう」

「へい」

「豆腐屋。ここにはおまえさんより安い豆腐屋が来るんだ。残念だが、おまえさんの値段じゃ売れぬな」

「でも、味が違います」

「そんなに大差ない」

「へえ」

　豆腐を器に移す。

「どうぞ」

「うむ。では、これを」

　浪人は銭を寄越す。

「お侍さんはどうして安い豆腐を買わず、あっしから買ってくださるんですか」

「特に意味はない。そなたが一丁も売れなければ可哀そうだからな」

「さいですか。すみません」

「前から気になっていたが、そなた剣をやるのか」

　浪人が不思議そうにきく。

「えっ、どうしてですか」

「掌《てのひら》のたこだ」

「ああ、これですか。これは毎晩、木剣を振っているんです」

「剣術を習ったことはあるのか」

「昔、上州の村にいたとき、庄屋さんの屋敷に滞在していたお侍さんから手解《てほど》きを受けました」

「そうか」

「ほんとうは、どこかの道場に通いたいんですが、その時間もお金もありません」

「よし。俺が稽古をつけてやろう」

「えっ、ほんとうですか」

「ほんとうだ」

「願ってもねえことです。いつからですかえ」

「いつから？　性急だな」

「すみません」

「まあ、いい。今夜でもいい」

「ほんとうですか。ぜひ、お願いします」

「場所はどこかあるかな」

「霊厳寺裏の雑木林ではいかがでしょうか」

「霊厳寺裏……」

浪人は眉根を寄せ、

「先日、侍の斬殺死体が見つかったところではないか」

と、窺うような目をした。

「へい。あっしもそこを覗いたんですが、適当な広さがあって、剣術の稽古には向いていると思いました」

「薄気味悪くないのか」

「ありません」

「そうか。いいだろう。では、暮六つ（午後六時）に、霊厳寺裏だ」

「へい。ありがとうございます。あっ、お侍さまのお名前を教えていただけますかえ」

「梶木《かじき》重四郎《じゅうしろう》だ」

「梶木さま。では、あとで」

長吉はその後もはりきって豆腐を売り切り、昼過ぎから文庫売りで行商をし、北森下町の長屋に帰ると、すぐ木刀を持って霊巌寺裏に急いだ。

まだ梶木重四郎は来ていなかった。長吉は素振りを繰り返した。汗が出て来たとき、ふと気づくと、重四郎が立っていた。

「なかなか鋭い振りだ」

重四郎は見直したように言う。

「恐れ入ります」

「よし、かかって参れ」

重四郎も木剣を片手で下げて立った。

長吉は正眼《せいがん》に構え、いきなり上段から打ち込んでいく。えい、えい、何度も掛け声とともに前に出る。

重四郎は後ずさりながら、木剣で応酬した。長吉は押し返され、苦し紛《まぎ》れに踏み込んだところを同時に踏み込まれ、あっと叫んだとき、長吉の木剣が宙に飛んでいた。

「拾って来い」

「はい」

長吉は木剣を拾い、再び正眼に構える。今度は不用意に踏み込めなかった。じりじりと間合いを詰める。重四郎が誘いをかけるように木刀を少し下げた。

　その隙をついて、長吉は踏み込んだ。重四郎の木剣が長吉の木剣を弾《はじ》く。だが、長吉は怯《ひる》まず、第二の攻撃に打って出た。

　重四郎は後退《あとじさ》って防戦しながら、長吉の僅かな手元の狂いを見逃さず、反撃に出た。

　またも、長吉の木剣は打ち落とされた。

　すぐ木剣を拾って構え直すと、

「待て」

　と、重四郎が木剣を引いて、

「なかなかの腕だ。そなたに剣を教えたのは誰だ？」

「はい。多々良十兵衛《たたらじゆうべえ》さまです」

「なに、多々良十兵衛だと」

「ご存じですか」

「いや、名前だけだ。二十年前まで西国のある藩の剣術指南役をやっていた。日《ひ》の本《もと》一《いち》の剣客《けんかく》と謳《うた》われていたが、ある日、突然、剣の修業に出ると言って国を出た。その後、諸国をまわって剣客を見つけては仕合を続けてきたそうだ。多々良十兵衛と出会ったという者を何人か知っているが、剣で立ち合うまでいくまえに負けを知るそうだ。生涯一度も負けたことがないというのはほんとうだ」

「そんな凄いお方だったのですか」

「そうだ。そなたの剣術の腕をみて、さぞかし名のある剣客が指導したのだろうと思ったが、まさか多々良十兵衛だったとは……」

重四郎は感慨深げに言い、

「多々良十兵衛は今もそこにいるのか」

「いえ、あっしが十八歳のときですから、今から六年前にどこかに行ってしまいました」

「そうか。その間はずっと、庄屋の家に厄介になっていたのか」

「十年ほどいました。その間、何度も出かけ、いったん出かけると何カ月も帰って来ないこともありましたが、必ず戻って来ました。でも、六年前に庄屋の家を出てから、まったく消息は知りません」

「そうか。しかし、多々良十兵衛に教えを受けた者に巡り逢えるとは思わなかった。もはや、俺がそなたに教えるようなことはない。あとは、そなたは実戦を積めばどんどん強くなるはずだ」

「そんなことありません。重四郎さまの弟子にさせてください」

「いや。教えることはないが、稽古相手にはなってやろう」

「はい。お願いいたします」

「よし。もう一度、はじめる。かかってこい」

長吉は木剣を持って、何度も重四郎に向かって行った。

翌日の夕方、長吉は文庫売りの行商を終えて長屋に戻ると、木刀を持って土間を出た。するとおたかが目の前にいた。

「おたかちゃんか」

「きょうもどこに行くの？」

おたかは木剣に目をやる。

「剣術の稽古をつけてくれるお侍さんがいるんだ。一刻ほど行って来る」

「夕餉《ゆうげ》は？」

「帰って来て食べる」

「そう。じゃあ、うちに寄って。用意しておくから」

「すまねえ」

長吉は木剣を持って長屋木戸を出た。

夕陽は落ち、辺りは薄暗くなっていた。

霊厳寺に向かって急いでいると、高橋《たかばし》の袂で岡っ引きの亀三と会った。

「おう、長吉じゃねえか。おう、そんなもの持ってどこ行くんだ？」

「へえ。霊厳寺裏まで。そこで、梶木重四郎さまが剣術の稽古をつけてくださるんです」

「剣術の稽古だと」

「へえ。道場に通うお金もないので」

「梶木重四郎ってのは？」

「浪人さんです。冬木町に住んでいます」

「なんで、おめえに稽古をつけてくれるんだ？」

「へえ。毎朝、豆腐を買ってくれています。あっしが剣術が好きだと言ったので、好意で稽古をつけてくれることになったんです。といっても、今夜でまだ二度目ですが」

「霊厳寺裏って言うと、惨殺死体が見つかった場所だ。そんなところで、剣術の稽古か」

「へい。親分。ところで、何か手掛かりは摑めたんですかえ」

「まだだ」

亀三は渋い顔で言う。

「じゃあ、あっしは」

長吉は高橋を渡って、霊巌寺裏にやって来た。

すでに、重四郎は来ていた。

「すみません。遅くなりまして」

「こっちが早く来すぎたのだ。よし、はじめよう」

「はい」

長吉は木剣を構えた。重四郎はきょうは木剣を正眼に構えた。

「さあ、思い切って打ち込んで来い」

「はっ」

長吉は気合もろとも上段から打ち込む。重四郎は動かずに迎え入れ、長吉の木剣を弾く。だが、長吉は弾かれた木剣をすぐ立て直し、再び打ち込む。また弾かれても休む間もなく、長吉は打ち込んでいく。

重四郎は弾き返しながら、一歩、二歩と後退した。が、突然、重四郎が踏み込んで来た。圧倒され、今度は長吉が後退った。

そして、銀杏《いちょう》の樹に追い詰められた。長吉は思い切って敢然と相手の懐に飛び込むように足を踏み込んだ。

木剣と木剣が激しくかち合い、体《たい》を入れ換えて離れた。長吉は腕に激痛が走り、木剣を落とした。

「参りました」

腕を押さえて、長吉は言う。

「いや。長吉、見事だ」

重四郎は脇腹を押さえながら言う。あまり手応えを感じなかったが、どうやら脇腹を掠《かす》めたようだ。

「これが真剣なら、俺の負けだ。見てみろ、印籠がへこんでいる」

そう言い、重四郎は印籠を見せた。

「いえ、手応えを感じませんでした。当たったとしたらまぐれです」

「さすが、多々良十兵衛が目をかけただけのことはある」

「いえ。私は特に目をかけられたわけではありません」

「十年の長きにわたり、教え続けたのだ。目をかけられた証だ」

立ち合っている最中は気づかなかったが、風が出て来て、梢《こずえ》を揺らし、葉音があちこちでしていた。

「惜しいな」

　重四郎が首を横に振る。

「そなたが侍の子に生まれていたなら、剣の道で大成したであろうに」

「今の世の中、剣で身を立てることは出来るんですかえ。それが出来るんなら梶木さまこそ、もっと……。あっ、失礼しました」

「気にせずともよい」

　重四郎は自嘲気味に言い、

「さっきから、岡っ引きらしき男がこっちを見ている」

「えっ？」

　そのほうに目をやる。

「亀三親分です。来るとき、会ったので、稽古のことを話しました」

「それであとをつけてきたのだ」

　重四郎は脇腹に手をやりながら、

「きょうはここまでにしておこう」

「はい」

「明日だが、ちと用がある」

「わかりました。明日はお休みということで」

「うむ」

なんとなく重四郎の気色《きしょく》が優《すぐ》れないような気がした。

霊巌寺前に出てから冬木町に帰る重四郎と別れ、長吉は高橋を渡り、北森下町の長屋に帰った。

おたかの家の腰高障子を開けて、

「ごめんよ」

と、長吉は声をかけた。

「あら、長吉さん。早かったのね」

「うん。きょうは早く稽古が終わったんだ」

まぐれだったが、脇腹への一撃が厳しかったのだろうか。重四郎が顔をしかめていたのが気になった。

「長吉さん。夕餉はこれからかえ」

おたかの母親がきく。

「そうなんだ。腹ぺこだ」

「どうせなら、ここで食べていきなさいな」

「いいですよ」

「そうね。ご飯もあるもの。そうすれば」

おたかも勧める。

「でも」

「そうしなさいな」

母親がやさしい眼差しで言う。

「いいのかえ」

おたかに確かめる。

「もちろんよ。じゃあ、今支度するわ」

おたかが弾んだような声で言い、台所に立った。おたかは、嫁になってくれと言えば、受け入れてくれるだろうか。

きっとうんと言ってくれると思いながら、長吉さんは兄さんみたいなものなのよ、と軽くいなされそうな気がしながら、いつしか長吉は胸の辺りが締めつけられるようになっていた。

五

ようやく、兄が帰って来たようだ。

栄次郎は兄の部屋の前に行き、

「兄上、よろしいですか」

と、襖越しに声をかけた。

「入れ」

「失礼します」

栄次郎は兄の部屋に入り、差し向かいになった。少し疲れたような顔つきだった。

「すみません。こっちの調べもなかなか捗《はかど》らなくて」

「おまえが謝るようなことではない」

「新八さんに湯屋《ゆうや》や髪結《かみゆ》い床などに行ってもらって噂話を拾ってこようとしているのですが、手掛かりになりそうなものはありません」

町方には言っていないが、斬殺現場に向かう侍を見ていたとか、無気味な侍が町をうろついているなど、どんな噂でもかき集めているのだ。

「やはり、武士社会だけでの事件かもしれぬ」

「兄上。頼んだことは何かわかりましたか」

栄次郎は三人の剣の腕前を調べてもらったのだ。

「うむ、わかった。そなたが言うように、三人とも、かなりの剣客だそうだ。御徒衆の安田弘蔵は一刀流の遣い手で、御徒衆の中でも一、二を争う腕前だそうだ。小普請組の島崎弥二郎は本所の悪仲間の首領格で、かなりの腕前だ。そして、広敷添番の沖中三四郎も剣の腕を買われ、お役に就《つ》くことが出来たらしい」

「やはり、そうでしたか」

三人とも出会い頭《がしら》で揉め事になって斬り合いになったとは思えなかった。沖中三四郎も鉄砲洲稲荷の裏手にはひとりで向かっている。ひとりで行く用は考えられないので、何者かに誘《おび》き出されたか、あるいははじめから闘うことを承知して向かったか。

「確かに、そのことでは三人に共通しているところがあったな」

「はい。三人にはお互いに面識はなくとも、斬殺者のほうは三人と個々《ここ》に関わりを持っていたのではないでしょうか」

「三人もそれぞれ剣客だ。その三人が歯が立たないのはいったいどんな人間なのか」

「同じ直参の中で、三人以上に腕の立つ人間はいるはずです」

「しかし、大勢いる御家人の中で探すのは難しい。最近、お役御免になった者や不祥事を起こして士籍を剝奪《はくだつ》された者はおらんのだ」

「三人の個々の交遊関係を当たっても何も出て来ませんか」

「仲間にきいても、特に怪しい人間は見当たらない」

「そうでしょうね。そんな単純なものではないのかもしれません」

もっと深い闇があるような気がして、栄次郎は胸の辺りが息苦しくなった。そして、栄次郎にはまだ不安があった。

「私が心配しているのは、まだ続く恐れがあることです」

「まだ、続くか」

「はい。三人で打ち止めという保証はどこにもありません。残念ながら、近々、どこかで斬殺死体が見つかるような気がしてなりません」

「そうか」

兄は深いため息をついた。

「栄次郎。由々《ゆゆ》しきことだ」

「はい」

「なんとか阻止《そし》したい」

「そこで、ある点に注目いたしました」

　栄次郎は身を乗り出すようにして、

「斬殺者は標的の侍を近くに誘き出して斬殺しています。標的は剣の腕のある者です。斬殺者はどうやって腕のある者を見つけ出せたのでしょうか」

「道場に通っているなら道場主や師範代などにきけばわかるが」

「それもひとつでしょう。しかし、それだけではなく、旗本や御家人が属する諸役で、心身の鍛練のために武芸の仕合などを催しているのではありませんか」

「最近は、真剣にやる者が少なくなって、武芸の仕合も盛り上がりに欠けるようだが、それ自体は続いている」

「その辺りから、何者かが三人を選び出したのではないでしょうか」

「しかし、なぜ、御徒衆の安田弘蔵、小普請組の島崎弥二郎、広敷添番の沖中三四郎なのだ。この三人に刺客を出すことにどんな意味があるのか」

「もしかしたら」

　栄次郎はもうひとつの考えを持った。

「結果から見て、三人を標的にしたと考えましたが、逆だったのかもしれません」

「逆というと？」

「三人に向けて刺客を送ったのではなく、三人が刺客だったのではありませんか」

「つまり、三人は返り討ちに遭ったということか」

「はい。そのことも十分に考えられます」

「そうだの。いや、それがもっとも説明がつきそうだ。ある人物にとって邪魔な存在の剣客がいる。その者を消すために、最初は一刀流の達人である安田弘蔵を刺客に送ったが返り討ちに遭ったということだな」

「はい。それで、今まで三人の者がことごとく返り討ちになった。だとすれば、新たな刺客が送り込まれましょう」

「では、刺客を送り込んでいるのは？」

「ある程度、役職がある者かもしれません。どこの誰が剣に長《た》けているということを調べることが出来る人物」

「よし。もう一度、三人の周辺を探ってみよう。三人に刺客の話を持ち掛けた人間がいるはずだ。そこから何かわかるかもしれない」

兄はようやく顔に生気を蘇《よみがえ》らせた。

翌日、栄次郎は改めて霊巌寺裏にやって来た。

安田弘蔵は刺客としてここで狙う相手と闘い、返り討ちにあった。そういう見方で考え直したが、この現場に立って、あることに気づいた。

ここは安田弘蔵の住まいから近い。なぜ、ここで立ち合ったのか。刺客であれば、狙う相手の近くに行くのではないか。

狙う相手もこの界隈に住んでいる。だから、ふたり目の刺客は本所から選び、場所も万年橋近くの大川辺にした……。

そう考えたあと、栄次郎はすぐ落胆した。三人目の刺客沖中三四郎が死んでいたのは鉄砲洲稲荷の裏だ。

大川をはさんで対岸だとはいえ、かなり離れている。狙う相手がこの界隈に住んでいるという考えは成り立たないようだ。

それとも、狙う相手は鉄砲洲稲荷の近くに住んでいて、深川の盛り場には遊びに来ていたのだろうか。

栄次郎は次に万年橋のほうに向かった。

大川辺の現場に立った。狙う相手が深川のどこかに遊びに来ていたとしたらどこだろうか。富ヶ岡八幡宮《とみがおかはちまんぐう》を中心に料理屋、あるいは遊女屋がある。そこから、この場所は少し離れすぎている。この場所に近いというと……。

「お侍さん」

いきなり、声をかけられた。

振り返ると、八丁堀の同心と岡っ引きが近付いてきた。同心は丸顔の二重顎で、肥っている。

「お侍さん。こんなところで何をしているんですね」

亀の甲羅のようなごつい顔をした岡っ引きがきく。

「川を眺めていました」

「川ですって」

「ええ、川風を浴びたくなってここに足を向けてしまいました」

「名前をお聞かせ願おうか」

同心が栄次郎の前に出て来た。

「矢内栄次郎と申します」

「矢内栄次郎だな。どこに住んでいる?」

「本郷です」

「本郷からここに何しに来た?」

「怪しい者ではありません」

「怪しいか怪しくないかはこっちで決める。ここは先日、侍の惨殺死体が見つかったところだ」

「はい」

「知っているのか。知っていて来たのか」

「そうです。いったい、ここで何があったのか、知りたくなったのです」

栄次郎は仕方なく正直に答えた。

「殺された者の知り合いか」

「いえ」

「では、なぜだ?」

同心が問い詰めるようにきく。

「じつは、興味を持ちました」

「旦那。ともかく、自身番へ連れて行きましょうか」

岡っ引きがにやついて言う。

「困りましたな」

栄次郎はこんなことで時間をとられたくないので、

「では、崎田さまに確かめていただけませんか」

「崎田さま？」

「南町の同心支配の崎田孫兵衛さまです。私のことをよくご存じですから、崎田さまにお問い合わせください」

「…………」

同心が黙った。

「旦那。どうしたんですかえ」

岡っ引きが不審そうに声をかける。

「矢内栄次郎と言ったな。確か、御徒目付に矢内栄之進さまがいらっしゃるが……」

「栄之進は兄です」

「あっ」

同心はあわてて、

「これは失礼仕《つかまつ》った。そうとは知らずに……」

と、畏まった。

「いえ、こっちも素直にすべてをお話しすればよかったのです」

「兄上どのにはお世話になっております。私は南町の定町廻りの末松裕太郎、この者は私が手札を与えている亀三と申す」

「へえ、亀三です」

岡っ引きはあわてて頭を下げた。

「三人の斬殺死体が見つかった件で、その後進展はあったのですか」

栄次郎はきいた。

「いえ、ありません」

「末松さんは、斬殺者が三人をひとりずつ狙ったとお考えですか」

「そうでしょう。三人とも印籠を盗まれていますからね。なんらかの理由から、斬殺者は三人を殺していったのでしょう。矢内どのは違う見方を？」

「三人が殺された場所が人目につきにくいところなのが気になるのです。鉄砲洲稲荷裏でも、沖中三四郎どのがひとりでそこに向かったようです。つまり、沖中どのは自ら斬殺者に会いに行っているのです」

「どういうことですか」

「斬殺者が三人を襲ったのではなく、三人がひとりの人物を狙ったのではないかと思ったのです。三人は刺客だったのではと」

「三人とも返り討ちに遭ったというのですね」

「はい。ただ、それだと説明がつかないことがあるんです」

「なんでしょう」

「刺客なら、相手に近付いていくのに、三人とも自分の住まいの近くで死んでいたことです。ひょっとしたら、狙う相手が近くにいるということも考えられますが」

「なるほど。でも、印籠の件はどうなりますか」

「返り討ちにした人物が、自分を殺そうとした人間に刺客の印籠を送りつけて、脅迫しようとしたか……」

栄次郎は思いつきを口にしたが、そういうことも考えられなくはないと思った。

「細かい疑問は残っていても、だんだん、斬殺者の輪郭《りんかく》が見えてきそうです」

裕太郎が興奮して言う。

「どういう人物像が考えられましょうか」

「まず、かなりの凄腕です。そういえば、末松さんは安田弘蔵どのと島崎弥二郎どのの亡骸を検《あらた》めているのですね」

「ええ、見ました。安田どのは腹を斬られて、島崎どのは袈裟懸けでした」

「安田どのは腹ですか」

「そうです。何か」

「鉄砲洲稲荷裏の沖中どのは袈裟懸けだったそうです。対戦相手によって立ち合いの流れは異なり、決め手も変わってくるでしょうが」

「…………」

「これは最初に一瞬だけ感じたことですが」

裕太郎は自信なさ気に、

「安田どのと島崎どのとでは斬ったのは別人ではないかと思った。でも、印籠が盗まれていると知って、いつしか自分でも同じ相手だと思うようになったのです」

「ほんとうですか」

栄次郎は困惑した。斬り口を見ていないのでなんとも言えないが、末松の最初の印象は無視出来ないような気がした。

もし、安田弘蔵と島崎弥二郎を斬った相手が別人だとしたら、狙う相手がふたりもいることになる。

ふいに、栄次郎は自分の考えが大きく崩れていくのを感じていた。


その夜、栄次郎はお秋の家で、崎田孫兵衛と会った。

相変わらず、孫兵衛は浮かない顔で、酒を呑んでいる。

「崎田さま。まだ手掛かりはないのですか」

「ない」

孫兵衛は不機嫌そうに言う。

「旦那。さあ、今夜はお仕事を忘れてくださいな」

お秋がいたわるように孫兵衛に酒を勧める。

「そうしたいが、頭から離れぬのだ」

「わかります。それだけ、崎田さまはお仕事にご熱心なのですよ」

栄次郎はお秋に言う。

「旦那のお仕事もたいへんね」

お秋が孫兵衛に言い、栄次郎に顔を向けて目顔で何か言った。

栄次郎は頷き、

「崎田さま。今夜は私はこれで引き揚げます」

「なに、まだ呑みはじめたばかりではないか」

「すみません。家で用があるんです。今夜はお秋さんと水入らずで」

栄次郎はなだめるように言う。

「そうか。用があるなら仕方ない」

孫兵衛は少し機嫌を直したが、また不機嫌になることは目に見えている。

きょうは荒れそうだから、相手にならないほうがいいと、お秋が囁《ささや》いたのだ。悪酔いすると、孫兵衛は始末におえない。

「失礼します」

栄次郎は立ち上がった。

お秋に見送られて外に出た。

蔵前の通りを横切ろうとしたとき、浪人が立ち止まって脇腹を押さえていた。栄次郎は気になって声をかける。

「どうかなさいましたか」

「いや。だいじょうぶだ」

浪人は手を上げて、栄次郎を制し、そのまま暗い道を駒形町《こまがたちょう》のほうに歩いて行った。すたすたと歩いては立ち止まっているのは、また痛みが襲いかかったからかもしれない。

栄次郎は気になってあとをつけた。浪人は吾妻橋《あずまばし》の袂を経て花川戸《はなかわど》に差しかかった。

そして、料理屋に入って行った。

栄次郎はそこで引き揚げた。

屋敷に帰ると、母が栄次郎を仏間に呼んだ。

父の位牌に手を合わせてから、

「栄次郎。最近、何をしているのですか」

と、母は鋭くきいた。

「何をと仰いますと?」

「まるで母を避けるようにして、栄之進と部屋で遅くまで話していますね」

「そのことですか。それは」

栄次郎ははっとした。

御徒目付の兄の手伝いで、連続斬殺事件の探索をしていると話したら、母は驚き、嘆くかもしれない。

そして、怒りの矛先《ほこさき》は兄に向けられる。どうして、栄次郎を危険な目に晒すようなことをするのだと。

「それは、なんですか」

母は迫った。

「今、兄上はお役目で忙しくしています。ですから、芝居や芸事の話をして、少しでもなぐさめてやろうと思いまして」

「栄之進はそのようなものに興味はないはず」

「いえ、兄上はとても喜んで聞いてくださいます」

「そうですか。わかりました」

　母は顔色を変えずに言う。

「では、私は」

　栄次郎は立ち上がって仏間を出た。

　自分の部屋に戻って、兄の帰りを待った。母より先に会って話を合わせておかねばならない。

　落ち着かぬまま半刻ほどして兄が帰って来た。

　だが、母につかまり、仏間に連れて行かれた。

　四半刻ほどして、兄が栄次郎の部屋に入って来た。

「兄上。母は怒っていませんでしたか」

「いや」

　兄は落ち着いて、

「母からふたりで何をしているのだときかれた。忙しくて気が滅入っていたので、芝居や芸事の話を聞いて、気を紛《まぎ》らわしたのだと答えておいた」

「……………」

「どうした？」

「いえ」

「もし、母から俺の部屋で遅くまで何をしているのだときかれたら、芝居や芸事の話をして兄をなぐさめていたと言うのだ。いいな」

栄次郎は不思議な思いで兄の話を聞いていた。

第二章 新たな闇

一

翌朝、長吉が冬木町の長屋に入って行くと、すでに別の豆腐屋が来ていた。

「じゃあ、みなさん方、また明日参りますんで」

豆腐屋は長屋の住人に言い、天秤棒を担いでから長吉に一瞥《いちべつ》をくれて、意気揚々と長屋木戸を出て行った。

「豆腐屋。もう済んだんだ。他に行ったほうがいい」

年寄りが目をしょぼつかせて言う。

「へい」

「そうか。梶木さんがいつもおめえを贔屓《ひいき》にしていたな」

「はい。梶木さまはあっしから買ってくださるんで」

「だが、梶木さんはいねえぜ」

「いない？　もう出かけたのでしょうか」

「いや。昨日の夜、出かけてから帰ってないようだ」

「えっ、昨日の夜からですかえ」

「そうだ。ときたま夜に出かけても、必ず帰って来ていたが、きのうは帰っちゃ来なかったな」

年寄りは首をひねりながら自分の住まいに帰った。

長吉は荷を置いて、梶木重四郎の住まいの前に立ち、腰高障子を開いた。

「梶木さま」

奥に向かって呼びかけたが、部屋にはふとんも敷いていなかった。やはり、昨夜から帰ってないようだった。

長吉は土間に入った。重四郎がどんな暮しをしているのか興味があった。しかし、殺風景な部屋だ。

部屋の隅に文机があり、その上に何かあった。長吉は部屋に上がり、文机の前に行った。板切れに黒い紙を巻いた手作りの位牌だ。

俗名小夜《さよ》とあった。長吉は胸が衝《つ》かれた。妻女ではないかと思った。長吉は手を合わせて、仏壇の前を離れる。

土間におり、長吉は外に出た。

さっきの年寄りがまた出て来た。

「まだ、いたのか」

「へい。今、梶木さまの部屋を覗いたら、文机の上に手作りの位牌がありました。あの位牌は？」

「妻女だ」

「そうですかえ。ご妻女はお亡くなりに……」

「いや、生きている」

「生きている？　じゃあ、あの位牌は？」

「妻女は仲町《なかちょう》の子供屋《こどもや》にいる」

「えっ」

「武家の妻女だったそうだが、今は苦界《くがい》に身を沈めた。浪人は哀れなものだ。いつか仕官をして妻女を迎えに行くつもりのようだが、なかなか難しい」

「そうでしたか」

長吉は胸が塞《ふさ》がれそうになった。

「おいおい、豆腐を売りに行かなくていいのか」

年寄りに言われ、長吉は急いで天秤棒を担いだ。なんとか、豆腐を売り切り、重四郎の長屋に戻った。

重四郎は、まだ帰っていなかった。

朝食をすませてすぐ、栄次郎は本郷の屋敷を出た。加賀前田家《かがまえだけ》の上屋敷の脇から湯島の切通しを通って、明神下に向かった。

新八が住む長屋木戸を入る。すでに、男連中は仕事に出たあとで、路地では女房連中がお喋りをしていた。

「栄次郎さん。お久しぶりね」

女房たちが口々に言うのに挨拶を返して、栄次郎は新八の住まいの前に立った。

腰高障子を開けると、すでに新八は起きていた。

「早いですね」

「栄次郎さんが見えるんじゃないかと思っていたら、早く目が覚めました。いえ、それは冗談ですが」

　栄次郎は上がり框に座り、

「きのう、本所・深川を見廻っている同心の末松さんから聞いたのですが、霊巌寺裏と大川辺、鉄砲洲稲荷裏の斬殺者とは別人かもしれません」

　末松裕太郎が最初に感じたことだと、栄次郎は語り、

「もし、そうなると、三人のほうが刺客だという私の考えが狂ってきます」

「別人だということに間違いないのでしょうか」

「両者の斬り口を見て別人だと感じたことは正しいような気がします。ただ、三人とも印籠が奪われています。ですから、まったく別々の斬り合いがあったとは考えにくいのですが、かといって相手がふたり組だとも思えません」

「ますますわからなくなりましたね。ただ、そうなると、斬殺者はふたりいるということになりますね」

「そうですね」

　栄次郎は考え込んだ。やはり、三人が刺客と考えるのは無理がある。ふたり組の刺客が三人のそれぞれの住まいの近くで襲ったと考えるほうが自然だ。

　だが、沖中三四郎は自らひとりで鉄砲洲稲荷に行っているのだ。刺客に狙われている身にしては不用意だ。

沖中三四郎は島崎弥二郎が斬られた現場に現れているのだ。だから、刺客のことは、当然頭にあったはずだ。

なのに、鉄砲洲稲荷裏の人気《ひとけ》のない寂しい場所に出向いている。騙されて行ったのか。

「噂のほうはどうです？」

「門前仲町にある髪結い床でこの噂をしていました。だいたい、武士に恨みを持つ人間が襲っているのだという意見が大半でしたね。ですから、殺《や》ったのは浪人だと言ってます」

「なるほど。浪人ですか」

「ええ。それから、別の髪結い床ですが、浪人たちの間で、武士を斃《たお》す競争が行なわれていて、殺した証に印籠を持って行くのだと話してました」

「なるほど。そういう見方なら確かに斬殺者は複数だし、印籠を持って行く意味もわかります」

栄次郎は感心して言う。

「ですが、武士を斃《たお》す競争をしても一文の得にもなりませんね」

「ええ、ですが、一概に否定は出来ません」

勝手な憶測などを話しているのだろうが、庶民の鋭い感じ方に、栄次郎は舌を巻く思いがした。無責任な話にこそ、真実を知る手掛かりがありそうだった。

「では、私はこれから師匠のところに寄って、お秋さんのところにいます」

「わかりました。何かあったら、お秋さんのところに伺います」

新八と別れ、栄次郎は明神下から元鳥越町の吉右衛門の家に行った。きょうは稽古日ではない。

格子戸を開けて土間に入って呼びかけると、内弟子の和助が出て来た。

「あいにく師匠は出かけております」

「そうですか。どこですか」

「『並木屋』さんです」

「『並木屋』さんに？」

「ええ。じつは来月の市村咲之丞さんの温習会に、亡くなられた大旦那が支援をしてくださることになっていたそうですが、今の時左衛門さんが金を出さないと言ってきたそうです。それで、話し合いに」

「それも遺言だったと聞いていますが」

「はい。うちの師匠の後援も遺言に入っていたのに、それも取りやめる。そのことは師匠は諦めたようですが、市村咲之丞さんの温習会は来月ですからね」

「そうですね。師匠も気苦労が多いですね。また、あとで寄せてもらいます」

栄次郎は師匠の家を出て、浅草黒船町に向かった。

通りに出たとき、蔵前のほうから同心の末松裕太郎と岡っ引きの亀三が小走りにやって来るのに出会った。

「何かあったのですか」

ふたりに緊張した様子が感じられた。

「今度は浪人が斬殺されたそうです」

裕太郎が答える。

「浪人が？」

「やはり、印籠が見当たらないので、我らのほうに知らせてくれた」

「私もごいっしょさせてください」

現場は日本堤《にほんづつみ》の山谷橋《さんやばし》の手前にある空き地だった。

この界隈を縄張りにしている同心と岡っ引きが裕太郎と亀三を迎えた。同心は裕太郎と好対照の細身だった。年齢は上のようだ。

「村木《むらき》さん。さっそくホトケを見せてください」

裕太郎が頼む。同心は村木というらしい。

「この者は？」

村木が眉根を寄せて栄次郎を見る。

「崎田孫兵衛さまのお知り合いの矢内栄次郎どのです。この件に少し関わりが」

裕太郎が曖昧《あいまい》に言う。

「矢内栄次郎です」

「わかった。では、さっそく見てもらおう」

村木は莚《むしろ》をかぶせてある亡骸まで案内した。

小者が莚をめくる。栄次郎もいっしょになって、ホトケを見た。

栄次郎はあっと思った。昨夜、見かけた浪人だ。しきりに脇腹を押さえていたのを思い出す。

頭から顔を真っ二つに斬られていた。見事な斬り口だ。

「やはり、相手はかなりの遣い手のようですね」

栄次郎は死体を検めながら言う。

「昨夜ですね」

裕太郎が呟く。

「そうだ。吉原《よしわら》の朝帰りの男が見つけた」

村木が説明し、

「一連の事件と同じか」

と、きく。

「印籠はなかったのですね」

裕太郎は確かめる。

「ない」

「だとすれば、同じかもしれませんが……」

裕太郎は首をかしげ、

「今までは武士でした。浪人ははじめてですし、場所も遠い。もしかしたら別物かもしれません。一連の事件に見せかけるために印籠を持っていったとも考えられます」

「しかし、なぜ、一連の事件に見せかける必要があると言うのだ」

同心が疑問を投げ掛ける。

「そうですね」

裕太郎は自信なさげに答える。

「身許はわかったのですか」

栄次郎はきいた。

「いや。まだだ。身許を示すものはない」

亀三がさっきから死体の顔を角度を変えて何度も見ている。

「亀三。どうした？」

裕太郎が訝《いぶか》ってきいた。

「この男。どこかで見た顔で」

「どこで、だ？」

「それが、思い出せねえんで」

「この浪人。ゆうべ、見かけました」

栄次郎は口にした。

「見かけた？」

「ええ。黒船町の通りで、ときおり脇腹を押さえていたんです。それで、気になってあとをつけました。そしたら、花川戸にある料理屋に入りました」

「花川戸にある料理屋だと、『水戸家《みとや》』か」

村木がきく。

「そうです」

「よし。きいてこい」

村木が自分が使っている岡っ引きに『水戸家』に行くように命じた。

栄次郎は亡骸の脇腹に手をやった。それから、衣服を開いて脇腹を見た。痣《あざ》が出来ていた。打ち身だ。

栄次郎はある想像をした。立ち合いの最中、この浪人は脇腹が痛みだしたのではないか。その痛みに耐えかねて膝をついて前屈みになった。そこを相手に頭から斬られたのだ。

「あっ、そうだ」

亀三が大声を上げた。

「思い出したか」

「へえ。霊巌寺裏で、長吉と木剣で稽古をしていた浪人です」

「木剣で稽古だと？」

「そうです。長吉は昔から剣術を習っていて、その浪人に稽古をつけてもらうことになったそうです。あっしは偶然、稽古に行く長吉と出くわし、あとをつけてこの浪人を見ました」

「よし。長吉を呼んで来い」

裕太郎が亀三に命じた。

「へい」

亀三はすぐ深川に向かった。

長吉は、鉄砲洲稲荷の裏で会った男のようだ。長吉がやって来るまで一刻はかかるだろう。

栄次郎は考える。この浪人はここまで何しに来たのだろうか。まさか、吉原に行く途中ではないだろう。

誰かと待ち合わせていたのか。

栄次郎は落ちていた浪人の刀を拾った。刀に陽光が当たって光った。栄次郎は刀身を調べる。

血のようなものが付着していた。古い血と新しい血が混在している。古い血は懐紙で拭き取ったが十分にとれなかったようだ。その上に、新しい血が付いた。この刀はひとの血を吸っているのだ。

「矢内どの。どうされた？」

裕太郎がきいた。

「血の痕があります」

栄次郎は刀身を見せた。

「そうだ。血だ」

「きのうの相手に手傷を負わせているようです」

「相手が怪我をしていると言うのか」

「はい。ただ、深手ではないようですが、手傷を負ったことは間違いないでしょう」

そこに、『水戸家』からさっきの岡っ引きが帰って来た。

「部屋で休んでいただけでした」

「休んでいただけとは？」

「酒はあまり呑んでいません。五つ（午後八時）をまわって、料理屋を出ています」

「待ち合わせの約束があったんじゃないでしょうか。それまで、休息をとっていたんだと思います」

栄次郎は自分の考えを述べた。

「そんな遅い時間に外で待ち合わせたというのか」

村木が怒ったような口調で言う。

「そうだと思います。まるで……」

「まるでなんだ？」

「決闘の場に赴《おもむ》いたようです」

「決闘の場？」

裕太郎がはっとしたように呟いた。

「そうです。これまでの惨殺死体は決闘に敗《やぶ》れた者の姿でした」

「まさか、今どき、決闘なんて」

村木が冷笑を浮かべたが、笑みはすぐ消え、真顔になった。改めて、憤然として、浪人の斬殺死体に目をやっていた。

栄次郎は自分で発した、決闘という言葉に混乱をしていた。

二

朝の豆腐の行商から戻り、ひと寝入りしていたが突然、腰高障子が乱暴に開く音と大きな声に、長吉は飛び起きた。

土間に岡っ引きの亀三が立っていた。

「長吉。すぐ日本堤まで来るんだ」

「親分さん、いってえ何用で？」

「おめえに剣術を教えていた浪人」

「梶木重四郎さまが何か」

きのうから長屋に帰って来ないので心配していたところだ。

「斬殺死体で見つかった浪人がその梶木重四郎に似ているんだ」

「げっ。梶木さまが……」

長吉はのけ反ったが、すぐに立ち上がり着替えた。

それから半刻後、長吉は亀三に連れられ、日本堤の山谷橋の手前までやって来た。

野次馬もだいぶ集まっていた。

「旦那。連れて来ました」

亀三が裕太郎に言う。

「よし。長吉。こっちだ」

「へい」

裕太郎に導かれ、莚をかけられて横たわっている亡骸のそばに行った。

小者が莚をめくる。長吉は手を合わせてから、顔を覗いた。大柄な男で、顔も大きい。長吉は信じられないものを見て血の気が引いた。

「梶木さま」

長吉は声が震えた。

「どうしてこんなことに……」

頭から顔を斬られていた。信じられなかった。重四郎ほどの男がこんな無残な姿を晒すとは想像出来なかった。夢だ。まだ、自分は長屋の寝床にいるのだ。亀三が駆け込んで来たのも夢なのだ。

そう思いながら、吹きつける風は強く、周囲の風景もあまりにもはっきりしていた。

「間違いないか」

裕太郎がきく。

「へい。梶木重四郎さまです」

長吉は消え入るような声で答えてから、

「いったい、何があったんですかえ」

と、長吉はきく。

「まだ、わからぬ。おまえに何か心当たりはないか」

「いえ、ありません」

「長吉。きのうは剣術の稽古はなかったのか」

亀三がきいた。

「へえ。一昨日の稽古のあと、明日は用事があるから休みだと言われました」

「どんな用事か、きかなかったか」

「聞いてません」

「想像はつくか」

「梶木さまは、口入れ屋からの用心棒の仕事が多いと仰っていました。ですから、その仕事ではないかと思いました」

「口入れ屋はどこかわかるか」

「門前仲町にある口入れ屋だと思いますが」

その後もいろいろきかれたが、長吉はあまり深く重四郎のことは知らなかった。

やがて、重四郎の亡骸は近くの西芳寺《さいほうじ》に運ばれた。

「長吉さん」

若い侍に声をかけられた。

「あっ、あなたは確か、矢内さま」

鉄砲洲稲荷裏で会った矢内栄次郎だった。御徒目付の兄の手伝いで、斬殺事件を調べていると聞いた。

「あなたが梶木重四郎どのと知り合いだったとは不思議な因縁です」

「いつもあっしの豆腐を買ってくれて、その上、剣術の稽古の相手になってくださいました。体は大きくて怖そうな顔をしていましたが、ほんとうはやさしいお方でした」

長吉は涙ぐんだ。

「梶木どのは主に用心棒の仕事が多かったようですね」

「はい。あとはたまに、剣術道場から頼まれて稽古をつけに行くと仰ってました」

「じつは、きのう、私は黒船町の通りで梶木どのをお見かけしたんです。そのとき、脇腹を押さえて苦しそうな顔をしていたので気になりましてね」

昨夜の話をしていると、長吉が口を喘がせた。

「脇腹を押さえていたというのはほんとうですか」

「ええ。苦しそうでした」

「…………」

「どうかしましたか」

「まさか……」

長吉は足が竦《すく》んだ。

「何かあったんですか」

「一昨日、霊巌寺裏で稽古をしていて、あっしの木剣がまぐれで梶木さまの胴に入ってしまったんです。まさか」

「脇腹に痣が出来ていました」

「そうなんですか」

長吉は泣きそうな声を上げ、くずおれた。

長吉が重四郎の亡骸を追って西芳寺に向かったあと、

「矢内どの。どう思われるか」

と、裕太郎がきいた。

「お金が欲しい重四郎に、刺客の話を持ち掛けた人間がいるのではないでしょうか」

長吉の話だと、重四郎の妻女は岡場所に身を沈めたという。浪々の身に困窮は容赦なくふたりを苦しめた。そこから逃れるためには妻女は身を売らねばならなかったのだろう。

「御徒衆の安田弘蔵、小普請組の島崎弥二郎、広敷添番の沖中三四郎、そしてもうひとりの四人を始末しなければならない人物が、梶木重四郎を使って三人を襲わせた。

だが、四人目の相手に不覚をとった。そういう考えも出来るのですが」

栄次郎は考えながら、

「でも、この考えでは幾つかの疑問が生じるのです」

「疑問とは？」

「まず、安田弘蔵を殺した剣客と、島崎弥二郎と沖中三四郎を殺した剣客は別人ではないかと考えられることです。次に、殺された四人はすべて人気《ひとけ》のない場所で相手と闘った末に斬られている。斬ったほうも斬られたほうも、自ら現場に向かっていることです。まるで、決闘に出向くかのようです」

「そうですね」

「そして、もうひとつの大きな謎は、なぜ、梶木重四郎は脇腹の痛みを押して決闘の場に臨《のぞ》んだのか。なぜ、先延ばししなかったのか。不利であるにも拘《かか》わらず、なぜのこのこ出かけて行ったのか」

「それは相手が待っているからであろう」

村木が口をはさむ。

「そうですね。断りきれなかったからでしょう。でも、なぜ、断れなかったのか。そこに、謎を解く鍵があるように思えてなりません」

裕太郎は二重顎に手をやり、

「差し詰め調べるとしたら、何がある？」

と、栄次郎に頼った。

「重四郎が誰に頼まれたかを知ることです。まず、口入れ屋。それから、重四郎を用心棒として雇った人物。さらには、ときたま稽古をつけに行ったという剣術道場。その辺りに、重四郎を刺客に駆り立てた人間がいるのではないでしょうか」

「よし。さっそく当たってみよう」

「それから、重四郎を斬った相手も手傷を追っていると思われます。武士か浪人かわかりませんが、怪我をしている侍に注意を払うべきかと」

「矢内どのは、どう考えるんだ？」

「想像でしかありませんので」

「構わない。聞かせてくれ」

村木が促す。

「想像でしかありません。まず、霊巌寺裏の雑木林で安田弘蔵を殺したのは島崎弥二郎ではないかと」

「うむ」

「なんですと」

裕太郎が呆れたように言う。

「そして、大川辺で、島崎弥二郎を殺したのが梶木重四郎。さらに、重四郎は鉄砲洲稲荷の裏で沖中三四郎を斬った」

「そして、今度は梶木重四郎が何者かに斬られたと言うのか」

村木も吐き捨てて、

「それではまるで殺しの連鎖ではないか」

「はい」

「その根拠はなんですか」

「勘でしかありません。ただ、すべて、剣に自信のあるひとたちです。お互い合意の上で闘っているように思えるのです」

「それでは決闘ではないか」

「はい。そんなことがあり得ようかと思うのですが」

栄次郎は用心深く答える。

「ともかく、ひとつずつ当たっていきます。我らは、まず門前仲町の口入れ屋を探ってみます」

裕太郎が言い、亀三といっしょに引き揚げて行く。

「村木さま。私も失礼いたします」

「矢内どの。念のために、そなたの住まいを教えていただきたい」

「屋敷は本郷ですが、たいてい、浅草黒船町にあるお秋というひとの家におります」

「お秋？」

「旦那。崎田さまの妹御の家じゃないですか」

岡っ引きが村木に教える。

「崎田孫兵衛さまか」

「はい。昼間はたいていそこにいると思いますので」

当惑した顔の村木と別れ、栄次郎はその場を離れた。

昼過ぎに、栄次郎は深川に足を向けた。

北森下町の長屋に行き、仕立ての看板が下がっている住まいから出て来た若い女に長吉の住まいを訊《たず》ねると、隣りだと教えてくれた。

「商売に出ているのですか」

「いえ、きょうはおります。なんだか、様子がへんなんです」

若い女は心配そうに言う。

「そうですか。わかりました。ちょっと会ってきます」

栄次郎が長吉の住まいの腰高障子を開けると、長吉は部屋の真ん中で呆然と座っていた。栄次郎が土間に立ったのも気づかないようだ。

「長吉さん」

栄次郎は呼びかけた。

はっとしたように、長吉は顔を向けた。

「矢内さま」

「だいじょうぶですか」

「へえ」

声に元気がなかった。

「梶木どののことを気に病んでいるのですか」

「もし、あっしと稽古をしていなければ、梶木さんは斬られるようなことはなかったんです。まぐれで当たった木剣の傷のために十分に闘えなかったんだ」

長吉は絞り出すように言う。

「いや、そうではない。もし、梶木どのは脇腹の傷が痛むなら、出かけなければよかったのです。約束だっとしても先延ばししてもらえばいいだけのこと。なぜ、梶木どのはそれをしなかったのか」

「約束を守らないといけない相手だったんじゃないですか」

「梶木どのは立ち合っているのです。そんな相手に信義を尽くすと思いますか。傷の痛みは立ち合いには支障がなかったからです」

「そうでしょうか」

「そう思います」

栄次郎は長吉の負い目をなくすようにあえて言った。

「それより、問題はなぜ、梶木どのはあんなところまで行ったのか」

「わかりません」

「前々からの約束だったようです。果たし合いの約束です」

「果たし合い？」

「梶木どのは印籠を持っていませんでした」

「えっ？」

「梶木どのは印籠を持っていましたか」

「持っていました。まさか、とられたと？」

「そうです。なくなっていました」

「じゃあ……」

長吉は絶句した。

「長吉さん。落ち着いてきいてください」

「なんでしょうか」

「大川辺の斬殺、そして鉄砲洲稲荷裏の斬殺死体。いずれも梶木どのの仕業ではないかと思えます」

「なんですって」

長吉は血相を変えて、

「なんてことを言うんですか。梶木さまがそんなことをするはずねえ」

「あれは決闘かもしれません」

「決闘ですって」

「そうです。夜、人気《ひとけ》のない場所で、侍が剣の立ち合いをしている。けっして、行きがかりの上の立ち合いではない。予《あらかじ》め、時間と場所を決めて落ち合い、生死をかけて闘っている。決闘です」

「……」

「なぜ、梶木どのがそのような真似をしたのでしょうか」

「わかりませんぜ」

長吉は怒ったように言う。

「梶木どのの妻女が岡場所にいるということでしたね」

「そうです。手作りの位牌に名前が書いてありました。いつか救い出そうとしていたんだと思います」

「そうでしょうね。おそらく、あの決闘をすることで何か得るものがあったんでしょう」

「………」

「梶木さんの話で、今から思えばおかしいと思うようなことはありませんでしたか」

「そんなものありませんよ」

「なんでもいいんです。些細なことでも」

「梶木さまが、あっしが侍の子に生まれていたなら、剣の道で大成したであろうにって言うんで、今の世の中、剣で身を立てることは出来るんですかえ、それが出来るんなら梶木さまだってもっと……と言ったら、自嘲気味に笑ってました」

「自嘲気味に？」

それは浪人でいる身に対してか、それとも……。

「矢内さま」

長吉は沈んだ声で、

「梶木さまが死んだことはご妻女に話したほうがいいんですかねえ」

と、きいた。

「そうですね。難しい問題ですが、知らせないほうがいいかもしれません。おそらく、梶木どのが位牌を作ったということは、もう二度と会わない、いや二度と会えないということから死んだと自分に言い聞かせるためだったんだと思います。このことは、ご妻女どのも同じ気持ちだったと思います。今さら、死を知らせることは新たな悲しみを植えつけるだけです」

「やりきれませんぜ。こうなら、なまじ、あの位牌を見なければよかった」

長吉は悔やんだ。

しかし、梶木重四郎は何か運が拓《ひら》けそうな気がしていたのではないか。それがあの決闘ではないのか。

重四郎が立ち合いをしたのは金ではない。金なら一時的なものだ。仮に、その金で妻女を身請けしても、浪人の身ならばまた暮しに行き詰まる。

金のためではない。仕官か。あの決闘に挑んだのは仕官という餌《えさ》があったからではないか。

「長吉さん。もし、妻女どのが気になるなら様子を見に行ったらどうですか」

「そうですね。折りを見て行ってみます」

長吉はようやく表情に生気を取り戻した。

「梶木どのの長屋の場所を教えていただけますか」

「これから行くんですかえ。じゃあ、あっしが案内します」

栄次郎は長吉とともに冬木町に向かった。

栄次郎は冬木町に入り、重四郎が住んでいた長屋に行った。

重四郎の住まいに大家が来ていた。他に長屋の住人のかみさんらしい女がふたりいて掃除をしていた。

「ここが梶木どののお住まいですか」

「はい。さようで。あなたさまは？」

栄次郎がきく。

「御徒目付の手伝いをしている者です」

「まさか、梶木さんがあんなことになるなんて驚いています」

「ひょっとして亡骸をここに？」

「はい。二年ばかり、いっしょに暮らしたんですから、私どもでお弔《とむら》いをしてやろうと思いましてね。大八車がやって来たら引き取りに西芳寺まで行かせるつもりです」

「あっしも手伝わせてくだせえ」

　長吉が訴えた。

「おや、あんた、豆腐売りじゃないの」

　かみさんのひとりが声をかけた。

「へい。いつも、梶木さまにはよくしてもらっていましたんで」

「そう」

「梶木どのの持ち物にはどんなものがありましたか」

「いえ、ほんとんど持ち物らしいものはありません」

「印籠はどうですか」

「印籠ですか。いえ、ひとつも」

「そうですか」

　もし、決闘で斃した相手の印籠を奪ったならふたつ持っているはずだ。それを持っていないのは、誰かに渡したからではないか。

「最近、梶木さんが遅く帰って来たことはありますか」

「何日か前に、四つ（午後十時）過ぎに帰って来て、私が木戸を開けてやったことがあります」

「いつだったか覚えていませんか」

「確か、近所に住む孫が来た日だったから……」

鉄砲洲稲荷裏で、沖中三四郎が斬殺された日だ。大川辺での島崎弥二郎のときは近くだったので木戸が閉まる時間までには間にあったのだろう。

長屋木戸をふたりの男が入って来た。

「大家さん。大八車を借りて来ました」

「よし。では、すまないが、行って来てくれ。ちと遠いが」

「なんてことありません」

男は請け合うと、長吉もついて行くと言い、いっしょに大八車で出発した。

栄次郎も途中まで大八車といっしょし、浅草黒船町で別れて、お秋の家に向かった。

三

翌朝、朝餉のあと、栄次郎は兄の部屋に行った。

昨夜も兄は帰宅が遅かった。

「兄上、お聞きかと思いますが、今度は浪人の斬殺死体が見つかりました。印籠が盗まれていることからも一連の事件と同じと考えられます」

「今度は浪人か」

兄は渋い顔をした。

「その浪人は梶木重四郎といい、おそらく大川辺と鉄砲洲稲荷裏のふたりを殺した主《ぬし》だと思います」

栄次郎は事情を話し、

「梶木重四郎の刃先に血が付着しており、相手も手傷を負っているはずです」

「その相手も浪人か」

「いえ。武士だと思います」

「なぜだ？」

「浪人同士の闘いに何の意味も見出せません」

「意味とはなんだ？」

「私は梶木重四郎が決闘に加わったのは、なんらかの見返りが期待出来たからだと思います。金ではありません。おそらく仕官」

「何者かが仕官を餌に、武士と闘わせたというのか」

「はい。斬殺場所を考えれば、明らかに両者が納得ずくで現場に向かったとしか思えません。殺された三人はいずれも腕に覚えがある者ばかり、浪人の梶木重四郎もしかり。何者かが、剣客を競わせたのです」

「なぜ、決闘なんか……」

兄は疑問を口にする。

「ある人物、その者が黒幕ですが、三人の中のある人物を殺したいと思った。だが、その人物は腕が立つ。それに、その者だけが殺されては、黒幕に疑いがかかる。そこで、このような決闘をお膳立てした……」

「三人のうちのひとりに恨みか」

「はい」

「これまでの調べでは、三人ともひとから恨まれるような人間ではなかった。だが、ひとはどんなことから恨まれているかもしれぬ。こっちの調べが行き届かないところで何かがあったのかもしれぬが……」

兄は顎に手を当て、

「しかし、どういう理由をつけて、狙いをつけた者を決闘に誘い込んだのか」

「ふたつ考えられると思います」

「ふたつ？」

「ひとつは、餌を与えることが出来る人物の企みです」

「ある程度の権力を持っている人間だな」

「はい。御徒衆、小普請組、広敷添番とそれぞれの上役に指図することの出来る人間かもしれません。三人に、決闘に勝てば出世を約束すると」

「かなり、大物になるな。少なくとも旗本だ」

兄は厳しい顔になって、

「しかし、三人の中のある人物を殺したいことからの企みというのはちと頷けぬな」

「はあ。そうかもしれません」

栄次郎は素直に認める。

「もうひとつは？」

兄はきいた。

「お互いを決闘するように仕向けたという考えです。腕に覚えがある人間は自分が一番と思っているはず。だから、お互いに相手をけなすような噂を流して決闘に追い込む。黒幕が大物でなくとも出来ます」

「いや。どうも、その考えも同意出来ぬな。確かに仲違《なかたが》いさせることは出来ようが、決闘まで行くとは思えぬ。それに、相手をけなす噂を流せば、周囲にも知れ渡ろう」

「仰るとおりです。これは確かに難しいことですね」

栄次郎はやはりあっさり折れた。

「もっと単純に考えられぬか」

「どんなことでしょうか」

「浪人の梶木重四郎と直参との対立だ。ある人物が梶木重四郎を斃すために三人の剣の達人を送り込んだ。だが、三人とも退けられた。そこで、四人目を送り込んでやっと重四郎を果たした」

「梶木重四郎を斃すためなら、三人いっしょに相手をしたほうがよかったんではありませんか。ひとりでは敵《かな》わない相手でも三人が一時に相手をすれば結果は違ったはずです」

「うむ」

「それに、最初に殺された安田弘蔵を斬ったのは梶木重四郎ではないと思われます」

「その証はあるのか。斬り口をそなた自身で確かめたわけではあるまい？」

「そうですが」

「ともかく、まだ何もわかっていないということだ」

「はい」

栄次郎は無念そうに答える。

「ところで、一連の騒動はまだ続くと思うか」

兄は困惑した表情できいた。

「いえ、これで終わりではないかと」

栄次郎は答えたが、明確な根拠があってのことではない。ただ、梶木重四郎の死とともに相手も負傷しているらしいことから、そんな感じがしただけだ。

「わしもそう思う」

兄が厳しい顔で答えたのは、真相が摑めぬまま事件が終焉《しゅうえん》を迎えてしまうと恐れたからだろう。

「兄上。殺された三人にまったくつながりがないということでしたが、少なくとも三人とも剣の達人であることは一致していました。それ以外にも何か共通することがあるのではないでしょうか。もう一度、そのことを調べたらいかがでしょうか。そして、共通するのがわかれば、そこから梶木重四郎を斬った四人目の人物が浮かび上がってくるのでは。なにしろ、その人物は手傷を負っているのですから」

「そうだの。だが、三人に役目上のつながりも、道場でのつながりも見出せなかった」

「妻女どのの実家同士のつながり、あるいは出入りの商人などはいかがでしょうか」

「出入りの商人か」

「たとえば札差《ふださし》は？」

蔵米取《くらまいと》りの旗本・御家人は俸禄米を札差を通して金に替える。取り引きをしている札差がいっしょなら、そこで何らかのつながりが出来るかもしれない。

「もし、同じ札差なら何か知っているかもしれぬな。よし、さっそく調べてみる。栄次郎、よいところに気づいた」

「はっ」

栄次郎は頭を下げた。

栄次郎は深川の永代寺門前仲町《もんぜんなかちょう》にやって来た。

末松裕太郎と岡っ引きの亀三はすでに口入れ屋を当たっていたはずだ。ふたりに会って話を聞きたいが、栄次郎はどうしても口入れ屋で確かめたいことがあった。

途中、下駄屋の主人に訊ねて、『吉葉屋《よしばや》』という口入れ屋を教えてもらい、栄次郎はそこに行った。

栄次郎が『吉葉屋』に向かいかけると、亀三と手下がやって来るのに出会った。

「おや、矢内さんじゃありませんか」

「亀三親分。いいところで。梶木重四郎のことで何かわかりましたか」

「いや。それが要領を得ないんです」

亀三は顔をしかめ、

「口入れ屋の亭主は用心棒の世話をした相手を教えてくれたんですが、それは三カ月以上も前の仕事なんです。きのう、用心棒を雇った相手に会って来たんですが、娘に言い寄っていた男から身を守るために用心棒を雇っていたということでした」

「そうですか」

「ただ、最近もどこかに用心棒の世話をしたのではないかと思って訊ねても、最近はないとの一点張り。どうも、したたかな男でして」

「亀三親分も手を焼くほどなんですか」

「へえ。威《おど》しがまったくきかないんです」

「そうですか。では、私が行っても無駄だと思いますが、案内していただけますか」

「行くんですかえ」

亀三はきく。

「はい」

「わかりました」

亀三は引き返し、『吉葉屋』の前にやって来た。

「亭主は黒兵衛《くろべえ》っていいます。若い頃は人足頭《にんそくがしら》をして荒くれどもを何人も束《たば》ねていたという男ですから、肝《きも》は据《す》わっています」

「そうですか」

「では」

亀三は暖簾をくぐった。

「おや、親分さん。何か忘れ物でも？」

帳場格子に恰幅《かっぷく》のいい男が座っていた。四十ぐらいで、四角い顔がてかてかしている。

「そうなんだ。また、ちょっと話を伺いたい」

「なんでしょう」

黒兵衛は口許に冷笑を浮かべた。

「私からお訊ねします。こちらは、蔵前《くらまえ》のほうとも取り引きがあるんですか」

「蔵前？」

黒兵衛は訝しげな顔をした。

「ここからだと遠いですが、いかがですか」

「お侍さま。何の話ですかえ。うちは蔵前なんかと」

栄次郎は相手の声にかぶせるようにして、

「札差ですよ。なんて言いましたっけ。あなたと親しい札差は……」

「何かお間違えじゃありませんか」

「私が何も調べないで来たとお思いですか」

栄次郎ははったりを言う。

「…………」

「どうなのですか。知らないのですか。じゃあ、札差が嘘をついたのですね。どういう理由で嘘をついたのか、調べなければなりません」

栄次郎はわざと顔をしかめて見せ、

「ご亭主、今のことを、お白州《しらす》で嘘だとはっきり仰っていただけますね」

「なんのことですかえ」

「おや。聞いていなかったんですか。それとも、何かまずいことでも。ようするに、札差との関係を言いたくないということですね」

「そうじゃない」

黒兵衛は頰を引きつらせた。

「まあ、いいでしょう。お邪魔しました」

栄次郎は戸口に向かった。

途中で振り返ると、黒兵衛は鋭い目を向けていた。

外に出てから、

「親分。おそらく、黒兵衛は蔵前に使いを走らせます。あとをつけて、どこに行くのか確かめていただけませんか」

「いったい、どういうことなんですね」

「まだ、調べが済んでいないのですが、安田弘蔵、島崎弥二郎、沖中三四郎の三人の蔵宿《くらやど》は同じ札差ではないかと思えるのです。そして、梶木重四郎はその札差の用心棒に雇われたことがあるのではないかと」

「札差を中心にして事件が起きているということですか」

「そういう考えも出来るので、そのことを確かめたいと思いまして」

「わかりました。こいつにやらせます」

亀三は請け合った。

「お願いします。もし、わかったら、浅草黒船町のお秋というひとの家にいますから、知らせに来ていただけますか」

ふたりに頼んで、栄次郎は浅草黒船町に向かった。


夕方になって、空がどんよりとしてきた。栄次郎は三味線を弾く手を休め、窓辺に立った。

対岸の本所側は霞んで見えない。大川も波が出ていて、川の真ん中に差しかかった御厩の渡し船が大きく揺れているようだ。これ以上、風が出て来たら運航は取りやめになるかもしれない。

そんなことを考えながら外を眺めていると、障子の向こうからお秋の声がした。

「栄次郎さま。亀三という親分さんがお見えです」

「来ましたか」

栄次郎はすぐ階下に行った。

土間に、亀三と手下が待っていた。

「あっ、矢内さん。わかりましたぜ」

亀三が近付いてきて、

「『吉葉屋』の使いは、御蔵前片町《おくらまえかたまち》の『美濃屋《みのや》』に入って行きました」

「札差の『美濃屋』ですね」

「そうです。使いの者は四半刻ほどで引き揚げました」

「ご苦労さまです。あとは三人の蔵宿次第です。ただ、三人とも『美濃屋』と取り引きがあったからといって、『美濃屋』が一連の斬殺事件に関わっているということにはなりませんが」

「でも、捨ててはおけない事実ですね」

亀三も興奮して言う。

亀三が引き揚げてから、栄次郎はいったん二階の部屋に戻り、帰り支度をした。

「あら、栄次郎さん。もうお帰りですか」

「すみません。すぐに屋敷に戻らねばならないのです」

「そう」

　お秋が残念そうに言う。

「今夜は旦那は来ないから、栄次郎さんとゆっくりお酒が呑めるかと思ったのに」

「すみません」

「仕方ないわ」

　お秋に見送られて外に出た。

「降られそうね。傘を」

「だいじょうぶです。本郷まで保《も》つでしょう」

「そうかしら」

「では」

　栄次郎は急ぎ足で本郷に向かった。


　その夜、兄はなかなか帰って来なかった。やっと帰って来たのは四つ（午後十時）になろうとしているときだった。

　栄次郎は兄の部屋に行った。

「兄上。いかがでしたか」

「想像どおりだ。三人の蔵宿は同じだ」

だが、兄の表情は暗かった。

「『美濃屋』ですか」

「知っていたのか」

「梶木重四郎が口入れ屋『吉葉屋』を介して『美濃屋』とつながっていました。これで、あの斬殺事件の中心に『美濃屋』がいることになります」

「うむ」

兄はため息をついた。

「兄上。何か」

「栄次郎。じつはきょうの夕方、美濃屋大五郎《だいごろう》が俺に会いに来た」

「きょうの夕方ですって」

『吉葉屋』の使いがやって来たあとだ。

「いったい、何用で?」

「二カ月ほど前、安田弘蔵が『美濃屋』に借金の申入れのためにやって来たそうだ」

「借金?」

「たまたま、そこに島崎弥二郎も借金の申入れに来ていて、ふたりはかち合った。そこで何か言い合いになったという。結局、『美濃屋』はふたりの申し出を断った。ところが、そのあとから、美濃屋は外で不審な人間にあとをつけられるようになり、身の危険を感じたので、腕の立つ用心棒を雇った。それが、梶木重四郎だそうだ」

「…………」

「その後、付け狙われることはなくなったので、用心棒を断った。それからひと月後に、安田弘蔵、島崎弥二郎、そして浪人の梶木重四郎が斬られた。あのときのことが原因ではないかと言いに来たのだ」

「ばかな」

栄次郎は唖然とした。

「そんな話は信じられません」

「しかし、決闘させたとしても、美濃屋には何の得にもならない。そういうことをさせる理由がない。御目付どのも、美濃屋の訴えを信用なさった」

「では？」

「事件はそういう形で決着をつけることになった。ただ、梶木重四郎については同じ浪人による斬り合いがあったということだ」

「兄上はそれを信じたのですか」

「いや、信じていない。だが、美濃屋の企《たくら》みだとする証はそこを探してもない。そんなことをする理由がないのだ」

「……………」

確かに、何のために美濃屋が画策したのかという理由は説明つかない。だが、美濃屋の話とて、どこまで信じていいか。

「栄次郎。いちおう、一連の斬殺事件はこれにておしまいだ。そなたにもいろいろ手伝ってもらったが、これにてこの件から手を引くように」

「兄上。私は納得いきません」

「御目付どのの命令なのだ。もはや、我らは何も出来ない」

「そんな……」

「栄次郎。不満はよくわかる。だが、上がそのように決めたのだ」

兄も悔しそうに言った。栄次郎は美濃屋は誰かをかばっているのかもしれないと思ったが、これ以上は言っても仕方ないと唇を嚙みしめた。

四

陽が暮れ切れぬ前から妖《あや》しげな空気が漂いはじめている。大きな茶屋が並んでいる。そのうちのひとつの茶屋の広い土間に、長吉は入った。

女中に、『桔梗家《ききようや》』の小巻《こまき》さんを頼めるかときいてから部屋に上がった。『桔梗家』は梶木重四郎の妻女小夜がいる子供屋だ。遊女は子供屋からここに呼ぶのだ。『桔梗家』にいる小巻という遊女が小夜だとやっとわかってやって来たのだ。

年配の女中が酒を運んできた。

「どうぞ」

女中が銚子をつまむ。

「すまねえ」

長吉は猪口をつかんだ。

「小巻さんて、どんな女だえ」

「あら、お客さん。知らないの？」

「知り合いから、年増《としま》だけどいい女がいるってきいてな」

「そう。いい女よ。ちょっと寂しそうな顔立ちが儚《はかな》げで、男心をくすぐるみたいで人気があるわ」

「そうか」

「じゃあ、もうちょっと待っててくださいね。小巻さん、じき来ますから」

女中が部屋を出て行った。

重四郎が死んで半月が経つ。あの一連の事件はお互いの喧嘩がもとではじまって決闘にまで発展したと、岡っ引きの亀三は言っていた。最後に、重四郎を斬ったのは同じ浪人で、結局わからないということだ。

なんだかすっきりしない結末だった。なぜ、重四郎が死なねばならなかったのか、長吉は納得出来なかった。

向かいの部屋に客が入ったようだ。ここに来るにあたり、いつも以上に豆腐や文庫を売って歩いて金を稼いだ。

妻女のことを忘れようとしたが、重四郎のことが忘れられなく、いつしか妻女のことを考えていた。

「ごめんください」

障子の外で声がした。

「どうぞ」

長吉は動悸《どうき》がした。

「失礼します」

障子が開いて、細身の女が入って来た。白っぽい着物に青白い顔。長いうなじがますます儚げに見える。二十七、八歳か。

「いらっしゃい」

小巻は長吉の顔を見て驚いたような顔をした。

「小巻さんだね。俺ははじめてだ。長吉っていうんだ」

「長吉さんですね。よろしくお願いいたします」

小巻は近付いて来て銚子をつまんだ。

「どうぞ」

「ああ」

酌を受けてから、

「小巻さんも」

と、長吉は銚子をつかむ。

「すみません」

「さっき、俺の顔を見て驚いたような顔をしたけど、どうしてだえ。若かったからか」

小巻の猪口に酒を注ぎながら長吉はきく。

「ごめんなさい」

「別に謝る必要なんてないさ。ただ、どうしてか、気になっただけだ」

「……………」

小巻は俯いた。

「いいんだ。よけいなことを言ってすまなかった」

「いえ」

小巻は顔を上げた。

「じつは長吉さんが私の弟に似ていたんでびっくりしたんです」

「弟さんに？　そうかえ。でも、そいつは弱ったな。弟に似ている客じゃやりにくいだろうな」

「そんなこと、ありません」

「弟さんは何をしているんだえ」

「……………」

　また、小巻は俯いた。が、すぐ顔を上げ、

「弟は死んだんです」

「死んだ？」

「ええ、五年前に。急の流行《はや》り病《やまい》で、あっけなく」

「そうなのか」

「生きていれば、長吉さんぐらいの歳でした」

　長吉はあっと思った。

　重四郎は豆腐を買ってくれただけでなく、剣術の稽古もしてくれた。長吉にはずいぶん親切だった。

　そうだ、重四郎は妻女の弟の面影《おもかげ》を長吉に見ていたのだ。だから、やさしくしてくれたのだ。

「長吉さん」

　小巻が声をかけた。

「えっ」

「急に黙り込んでしまって」

「あっ、すまねえ」

「私がつまんない話をしたばかりに」

「そんなことはねえ。俺に似ていたって言うので、ちょっと身に沁みてしまって」

「やっぱり、よけいなことを言ってしまったわ」

「そうじゃねえ。違うよ」

長吉は否定してから、

「酒をもらおうか」

と、空の銚子を振った。

「でも、時間が？」

「いいんだ。きょうは小巻さんと酒が呑みたいんだ」

「そう。わかったわ」

弟を見るような目で長吉に言い、小巻は部屋を出て行った。

重四郎は妻女の弟を目にかけていたのに違いない。重四郎の思いが伝わって来て胸が熱くなった。

それにしても、小巻こと小夜は弟を失い、夫を失ったことになる。もっとも重四郎の死をまだ知らないだろうが……。

小巻が酒を持って戻って来た。

「さあ、呑もう」

長吉は手酌で何杯か立て続けに呑んだ。

「そんな呑み方をしちゃ、いけないわ」

姉が弟を叱るように言う。

「小巻さんも呑んでくれ」

「はい」

「静かだな」

「ええ、きょうは静か。いつもなら、料理屋から三味線の音が聞こえて来るのに」

長吉は小夜とふたりで重四郎の冥福を祈っているような気がした。重四郎はやはり小夜を苦界から救い出そうとして、あのような危険な決闘に挑んだのだと思っている。

小巻は武家の出らしく、気品があり、泥水に沈んでいても決して荒《すさ》んではいなかった。

「そろそろ」

小巻が居住まいを正して隣りの部屋に目をやった。襖の隙間からふとんが見える。

「なんだか呑みすぎた」

長吉は立ち上がってふとんが敷いてある部屋に行く。だが、よろけ、ふとんに倒れ込んだ。

「長吉さん」

小巻がそばに座って起こそうとする。

「小巻さん」

長吉は小巻の膝に頭を乗せに行き、小巻の手をつかんだ。

「このままで」

長吉はそう言い、目を閉じた。

いくら今は苦界の女とはいえ、重四郎の妻女を抱くわけにはいかなかった。膝の柔らかさと手の温もりを感じながら、思いは重四郎に向けた。

頭も重いだろうに小巻は膝を動かさず、握られている手を引っ込めようとはしなかった。その心地好さについうとうとした。

夢を見ていた。重四郎と木剣で打ち合いをしていた。だが、急に、重四郎が木剣を置いて背中を見せた。そして、静かに立ち去って行く。長吉は声を出せずに見送っていた。

「長吉さん」

耳元で声がした。長吉ははっとして目が覚めた。

「なんだかうなされていたわ」

「えっ」

長吉は飛び起きた。

「俺、何か言ってましたかえ」

心配してきく。重四郎の名を呼んでいたのではないかと気になった。去っていく重四郎に声をかけたかどうか覚えていない。

「いえ」

小巻は首を横に振った。

「そろそろ、引き揚げる」

「そう」

「また来る」

「待っています」

いっしょに部屋を出た。

小巻こと小夜に見送られて、長吉は茶屋をあとにした。

あんないい女を残して逝《い》ってしまうなんて、さぞ心残りだったろう。それより、苦界に身を落とさせて五体を引きちぎられるほどの苦痛にのたうちまわったに違いない。

油堀川を越え、仙台堀に差しかかったとき、大川のほうから川船が音もなくやって来て、海辺橋《うみべばし》をくぐっていた。

月が雲間に隠れ、辺りは暗かった。それでも、近付いたとき、船に乗っている人間はわかった。

船頭が黒っぽい着物に、黒い布で頰かぶりをしていた。ほかにもふたり乗っていたが、同じように黒装束だ。

なんとなく怪しい雰囲気があった。ひょっとしたら盗っ人ではないかと思ったが、船は静かに木場《きば》のほうに向かって行った。

迷ったが、そろそろ四つ（午後十時）に近付いている。長屋木戸が閉まったら大家を起こさねばならない面倒が頭を過《よぎ》り、長吉は海辺橋を渡った。

北森下町の長屋に帰った。間一髪《かんいっぱつ》、木戸が閉まるのに間に合った。

腰高障子を開けて、自分の住まいに入る。天窓から月明かりが土間に射し込んでいた。

長吉は水瓶から杓で水をすくって飲んだ。部屋に上がって行灯に火は入れず、薄暗さになれた目で、枕屛風《まくらびょうぶ》に隠してあるふとんを取り出して敷いた。

　ふとんに仰向けに倒れ込んで目を閉じると重四郎の妻女の顔が脳裏を掠《かす》めた。俺は何しに会いに行ったのだろうか。

　重四郎の死を知らせるつもりだったのか。単に、重四郎の妻女を見てみたかっただけなのか。

　自分が妻女の弟に似ていたことで、重四郎は自分にやさしかったわけがよくわかった。そのことを知っただけでも会いに行ってよかったが、今後はどうしたらいいのか。小巻に会いに行っても、重四郎の妻女を抱くことは出来ない。小巻に不審がられる。

　そんなことを考えているうちに瞼が重くなった。

　早暁前には目を覚まし、長屋木戸を開けてもらい、長吉は近所の豆腐屋の親方から豆腐を仕入れ、商売に出た。

　もう、豆腐を買ってくれる重四郎はいないのに、冬木町の長屋に向かった。長吉より前に、安い豆腐を売りに来る棒手振りがいるので、ここでは商売にならなかった。それでも、無意識のうちにこの長屋に来てしまうのだ。

　長屋の女房が出て来て、

「毎日、ご苦労だねえ。梶木さんが贔屓にしていた豆腐売りだものね。一丁もらうわ。それから油揚げもらおうかしら」

「へえ、ありがとうございます」

長吉は礼を言い、豆腐と油揚げを器に移した。

この長屋を出て、別の長屋に入って行く。納豆売りが来ていた。

長吉はかなり歩き回り、最後は木場の界隈ですべて売り切った。軽くなった天秤棒を担いで仙台堀沿いを引き揚げていると、末松裕太郎と亀三が走って来た。

「何かあったんですか」

「殺しだ。斬殺死体が見つかった」

「惨殺死体ですって」

長吉は天秤棒を担ぐ体の向きを変えながらきいたが、答えることなく、裕太郎と亀三はすでに先に向かっていた。

長吉もあとを追った。

また、決闘があったのかもしれない。重四郎を斬った侍が現れたか。

木場の材木置場が見えてきた。広い土地のあちこちに材木置場があった。その中のある材木置場に人だかりがしていて、裕太郎と亀三はその人だかりを割って入った。

長吉も天秤棒を通りの端に置いて、その輪の中に入った。

材木の陰で、侍が仰向けに倒れていた。刀は鞘に入ったまま、亡骸の横にあった。

長吉は亀三にきく。

「親分。いっしょに見ていいですかえ」

「ばかやろう。おめえは関係ねえ。向こうに行っていろ」

「でも、また決闘が行なわれたんじゃねえですか」

「以前のものとは違う。印籠も帯にはさんである」

裕太郎が教えてくれた。

「旦那。いいんですかえ」

「この男も例の斬殺事件には多少なりとも関わっているのだ。見せてやれ」

「へい」

亀三はしぶしぶのように亡骸を見せた。

顎の長い、たくましい顔の武士が無残な姿を晒していた。肩や腹部に傷があった。

「止《とど》めに、心の臓を突き刺していますね」

「手首にも傷がある。この者は闘った末に斬られたのだ」

裕太郎が当惑して、

「だが、刀は鞘に納められている」

「相手が納めたのでしょうか」

亀三が言う。

「そうだろう。ともかく、この侍を見かけた者を探すんだ。料理屋か茶屋の帰りかもしれない。連れがいたはずだ」

「へい」

「あっ」

長吉は声を上げたが、行きかけた亀三には聞こえなかった。

昨夜の船を思い出した。船頭も黒装束に身を包んでいた。もしかして、この死体を運んで来たのではないかと思ったが、わざわざ亀三を呼び止めることを躊躇《ちゅうちょ》した。もし違っていたら混乱させるだけだ。今はまだ言う必要もないと思った。

五

翌朝、栄次郎は刀を持って庭に出る。薪小屋の横にある枝垂《しだ》れ柳のそばに立って、素振りをはじめた。

子どものときから田宮《たみや》流居合《りゅういあい》術《じゅつ》の道場に通い、二十歳を過ぎた頃には師範にも勝る技量を身につけていた。三味線を弾くようになってからも、剣の精進《しょうじん》は怠らなかった。

自然体で立ち、柳の木を見つめる。深呼吸をし、心気を整えた。あるかなしかの微風に小枝が少し揺れた刹那《せつな》、栄次郎の剣は鞘から飛び出している。

再び、自然体で立つ。またも柳の小枝の揺れに体が反応する。居合腰になって膝を曲げたときには、左手で鯉口《こいぐち》を切り、右手を柄《つか》にかけている。

右足を踏み込んで伸び上がるようにして抜刀し、小枝の寸前で切っ先を止める。さっと刀を引き、頭上で刀をまわして鞘に納める。

半刻以上も休まず続け、額から汗が滴《したた》ってきて、ようやく栄次郎は大きく深呼吸をして素振りを終えた。

井戸端に行き、体を拭き、部屋に戻ると、女中が朝餉の支度が整ったことを知らせに来た。

朝餉のあと、栄次郎は兄に呼ばれ、兄の部屋に行った。

朝餉の最中は兄はひと言もよぶんな言葉を発しない。

「兄上、何か」

部屋の真ん中に腰を下ろしてきく。

「昨日の朝」

と、兄は厳しい顔で続けた。

「深川木場の材木置場で、旗本の久間佐十郎《ひさまさじゅうろう》の斬殺死体が見つかった」

「まさか」

「いや。先の斬殺事件と様子を異にしているようだ。まず、印籠はそのままだ。それから、刀が鞘に納まっていたそうだ」

「刀を抜く間もなく、斬られたのですか」

「いや、刀は鞘ごと腰から外され、横に置いてあった。察するに、斬った相手が倒れている久間佐十郎の腰から鞘を抜き取り、刀を納めて脇に置いたものと思える」

「なぜ、そのようなことをしたのでしょうか」

「おそらく、相手は親しい間柄だったのではないか」

「だからって、わざわざ刀を鞘に納めるでしょうか。それも、腰から鞘を抜き取って?」

「わからぬが、遺恨からの斬り合いではなく、詰まらぬことから剣を抜いてしまったのかもしれない。久間佐十郎は朋輩《ほうばい》といっしょに料理屋か茶屋に上がったのではないかと、奉行所は見ている」

「朋輩と仰いますと、久間さまのお役は?」

「書院番士だ」

書院番は将軍身辺の警護を役目とする重要な役職である。

「今、二十六歳だ。独り身で、泣く妻子がいなかったことがかろうじて救いだ。まあ、独り身ゆえ、岡場所に遊びに行き、間違いを起こしたのかもしれないが」

「一連の斬殺事件の再来かと心配しましたが……」

「違う。まあ、この件は早く決着しそうだ」

兄は余裕の笑みを浮かべた。

栄次郎は兄には言えなかったが、何か引っかかるのだ。確かに、印籠はとられていない。だが、なぜ、先の事件で印籠が奪われたのかわかっていないのだ。だから、今回、印籠がそのままだったとしても、一連の斬殺事件とは違うと言い切れない。

ただ、はっきり違うことはある。刀が鞘に納まっていたことだ。栄次郎はこのことが気になった。

おそらく、久間佐十郎は剣を抜いて相手と立ち合ったのであろう。その結果、武運つたなく、敗《やぶ》れた。久間佐十郎は刀を持ったまま倒れた。その手から刀をとり、また腰から鞘を外してまで、なぜ刀を鞘に納める必要があったのか。

それから一刻あまりあと、栄次郎は深川の木場にやって来た。

現場と思われる場所に立った。周辺は材木置場だらけだ。夜ともなれば、人気《ひとけ》はなく、寂しい場所に違いない。

堀が縦横に流れ、現場の脇は仙台堀である。

久間佐十郎はここまでやって来て立ち合ったのだろうか。

「矢内さんじゃありませんか」

栄次郎は声をかけられた。

「亀三親分」

亀三が近付いて来て、

「先の事件とは別個のようです」

と、言う。

「死んでいたのは旗本の久間佐十郎どのだそうですね。久間どのがどこからどうやってここにやって来たのか、わかったのですか」

「それがわからねえんですよ」

「わからない？」

「ええ。門前仲町、東仲町《ひがしなかちょう》などの料理屋や茶屋に聞き込んだんですが、どこも久間佐十郎を知らないんです」

「知らないというのは、かつても来たことはないということですね」

「そうです。ひょっとしたら、もっといかがわしい場所かもしれないので、そのほうにも聞き込んだんですが……」

「久間どのは深川で遊んだ帰りではないようですね」

「ええ。それで、もう一度、現場に来て考え直そうとしたら、矢内さんに会ったというわけです」

「どうやら、久間どのの亡骸はここまで運ばれて来たようですね」

「運ばれて来た？」

「そうです。刀が鞘に納まっていたからです」

栄次郎はそう考える根拠を話した。

「ここで立ち合いが行なわれたなら、相手はそのまま立ち去ったでしょう。しかし、そのあとで亡骸を運ぶ人間がいたのです。その者が刀を鞘に納め、亡骸といっしょにここまで運んだのです」

「では、立ち合いは別の場所で？」

「そうです。船で運んで来たのではないでしょうか」

栄次郎は仙台堀に目をやった。

「船ですか」

「そうだとすると、厄介なことになりました。殺害場所を特定するのも難しくなりました。また、相手はひとりではないことになります」

「お役目絡みのことなら、奉行所は立ち入れませんね」

亀三は苦い顔をした。

もし、お役目がらみなら、このような死体の捨て方をするだろうか。死体の身許を隠そうとする形跡はない。

「ともかく、船を調べたほうがいいかもしれません」

「わかりました。末松の旦那にも伝えます」

亀三は引き返していった。

栄次郎は仙台堀の川岸に立ち、大川のほうを眺めた。船で運ばれて来たとしたら、殺害場所は屋敷内かもしれない。

探索の困難さに思いを馳せながら、栄次郎は悪い予覚に胸が圧迫されるように息苦しくなっていた。

栄次郎の悪い予覚が当たったことがわかったのは、ふつか後のことだった。

その日の朝、栄次郎が屋敷で朝餉を終えたあと、女中が来客を告げた。新八だった。

兄の栄之進はきのうは当直で屋敷にはいなかった。

玄関に出て行くと、新八が待ちかねたように、

「栄次郎さん。和泉橋《いずみばし》のそばで武士の死体が見つかりました」

「武士の?」

「ええ。長屋にやって来たシジミ売りが話していたので、すぐに行ってみました。刀で斬られていたそうです。刀は鞘に納めて、死体のそばに置いてあったとのことです」

「同じですね」

「はい。木場の死体と同じです。やはり、船でやって来て死体を和泉橋のそばに捨てたのだと思います」

「身許はまだ?」

「たぶん、わかっていると思いますが」

「身許を知ったところで何かがわかることはないでしょう」

栄次郎はため息をつくしかなかった。

久間佐十郎のことを兄が調べたが、特に私的なことで悩みを抱えていることはなく、また書院番士としても無難にこなしており、特別な問題はなかったということだ。性格は激情家であったが、つまらないことを根に持つことはなく、朋輩と対立してもすぐ仲直りする男だったという。朋輩から聞いても、事件につながるような手掛かりは得られなかったと、兄は言った。

おそらく、和泉橋の死体もそうであろう。もっと、違う何かがあるのだ。それが何かさっぱりわからない。

栄次郎はいったん部屋に戻って着替え、改めて新八とともに本郷通りを湯島方面に向かった。

神田川沿いに出て、和泉橋にやって来たときにはすでに亡骸はなかった。

町役人《ちょうやくにん》らしい男にきくと、

「お屋敷からひとがやって来て遺体を連れて行きました」

「お亡くなりになったのはどなただったのですか」

「長尾朝次郎《ながおあさじろう》さまという普請方改役《あらためやく》のお侍です」

普請方改役は御目見得《おめみえ》以下、つまり御家人である。

う。


「お屋敷はどこに？」

「小石川《こいしかわ》だということでした」

陽は高く上って、川面がきらきら照り返している。船は大川からやって来たのだろう。

「なぜ、亡骸をここに捨てたのでしょうか」

栄次郎は疑問を口にした。

「小石川に比較的近い場所だからでしょうか」

「久間佐十郎は牛込《うしごめ》に屋敷がありましたが、死体の遺棄は深川の木場でした」

「そうですね」

新八は考え込んだ。

「もし、次に死体を捨てるとしたらどこだと思いますか」

「えっ？　栄次郎さんは次もあるとお考えですか」

「ええ、そんな気がしています」

「………」

新八は絶句している。

「最初は木場、次が和泉橋のそば。次は橋場《はしば》か向島《むこうじま》では」

「遠い場所です。まず、最初は殺害現場から遠い深川の木場、次は木場から遠い神田川を遡《さかのぼ》った和泉橋。次は両者から遠い場所」

「それで橋場か向島ですか」

「あくまでも想像ですが」

やりきれない想像だ。

「新八さん。船宿に当たり、怪しい船を見かけなかったかきいてみてくださいませんか」

「わかりました。さっそく、当たってみましょう。それにしても、妙な事件が続きますね。一連の斬殺事件も未解決のままでした」

「あの事件をいい加減に幕引きを図ったことがいけなかったのではないかと思います」

「そうですね。じゃあ、あっしはさっそく船頭に当たり、また世間の噂に耳を傾けます」

「お願いいたします」

新八と別れ、栄次郎は元鳥越の師匠の家に向かった。

長吉は文庫を売りながら、亀戸天満宮までやって来た。人出の多いところはやはり売れ行きがいい。

そこからさらに長吉は柳島《やなぎしま》の妙見《みょうけん》に向かった。最近は以前より多くの品物を仕入れ、がむしゃらに売りまくっている。

また、重四郎の妻女のところに行きたいのだ。柳島橋を渡り、妙見の前にやって来た。その頃はだいぶ陽が傾いていた。

妙見にもかなりの参詣客がいた。長吉は売り声を上げる。

なかなか客が来なかったが、ふたり連れの若い女が買い求めてくれたのをきっかけに立て続けて売れた。

客足も遠のき、境内《けいだい》から吐き出される参詣客も少なくなって、業平橋《なりひらばし》のほうに向かった。その頃はだいぶ辺りは暗くなってきた。長吉は北十間川《きたじっけんがわ》の辺で、荷を置いて休んだ。

川船がやって来た。荷を積んでいる。

仙台堀で見かけた船を思い出した。黒で身を固めた男が船を漕いでいた。その翌日、木場で侍の斬殺死体が見つかった。

あの船が死体を運んだと思ったが、このことを亀三には言いそびれ、いまだに告げていない。

もっとも、奉行所も死体は船で運ばれて来たと考えているようなので、今さら告げる必要はなかった。船頭の顔を見たわけではないのだ。

再び、荷を担ぎ、横川《よこかわ》沿いを法恩寺《ほうおんじ》方面に行く。

法恩寺にやって来たときはもう暗くなっていた。参詣客もまばらだったが、それでも文庫は少し売れた。

文庫を作っている親方のところに寄って売れ残った文庫を預ってもらった。明日、売れ残ったぶんと新しく仕入れた文庫を持ってまた行商に出るのだ。

長吉は急いで弥勒寺《みろくじ》前を通り、弥勒寺橋の袂に差しかかった。ふと川のほうに男女の姿を見つけた。

女はおたかだ。心の臓が激しく動悸を打った。男はおたかが縫い子をしている古着屋の手代だ。

ふたりは肩を寄せ合っていて、親密な感じだった。長吉は急いで橋を渡り、長屋に帰った。

土間に入ったが、まだ胸は騒いでいた。なぜだと、長吉は叫びたかった。おたかは俺のために食事の支度をしてくれたりした。俺のことを好いてくれていたんじゃねえのか。俺だって、おめえを嫁にしてえと思ったから懸命に働いて金を貯め、小さい店でも持っていっしょに暮らそうと思っていたんじゃねえか。

さっきのふたりはきのうきょうのつきあいとは思えなかった。俺にいい顔をしながら、あの手代とも……。

そう思ったとき、おたかはほんとうに俺のことを好いてくれていたのだろうかと思い直した。

嫁になるとか、好きだとか、そんな言葉をかわしたことはない。それより、いつかおたかの母親が言っていたことが蘇る。

おたかは長吉さんのことをほんとうの兄さんのように慕っているんですよ。自分を慕ってくれていることでいい気になっていたが、兄としてで男としてではないのだ。

そんな……。俺は今までずっと勘違いしてきたっていうのか。

隣りの腰高障子が開く音がした。おたかが帰って来たようだ。長吉は大きく息を吐いて立ち上がった。

腰高障子が開いた。おたかだった。

「長吉さん。お出掛け？」

「ああ、そうなんだ。どうしてだね」

「鰻《うなぎ》をいただいたの。よかったら、いっしょに食べないかと思ったんだけど」

「鰻？　誰にだえ？」

「ええ、ちょっと」

おたかは恥じらいを見せた。長吉は頭がかっとなった。

「ひょっとして、おたかちゃんのいいひとか」

自分でも声が強張《こわば》っているのがわかった。

「そんなんじゃ……」

「顔に書いてある」

「そのうち、長吉さんにも紹介するわね」

「ああ、楽しみにしている。じゃあ、俺はこれから出かけるから」

「そう。残念だわ」

おたかは引き揚げた。

ひとりになって、上がり框に座り込んだ。俺は今までなんのためにこんなに働いてきたんだ。

気がつくと、目尻が濡れていた。

「また来てくれて、うれしいわ」

部屋に入って来て、長吉だと気づいて、小巻は表情を明るくした。

あのあと、気がついたらここまでやって来て、小巻を呼んでいた。

「もう来てくれないと思っていたのよ」

小巻は寂しそうに言う。

「でも、弟に似ていたんじゃ、いやじゃねえのか」

重四郎の妻女だという思いを振り払おうとしたが、払いきれない。

「そんなことないわ」

「それなら安堵したぜ」

長吉はわざと乱暴に言う。

だが、不思議なことに、小巻といっしょにいると、さっきまで胸を締めつけていたおたかに振られた悲しみや怒りがどこかに消えていた。

重四郎を殺した人間はどこかでのうのうとしているのだ。小巻といっしょにいると、改めて重四郎の無念さが蘇ってくる。

おたかに振られたのも、小巻に会ったのも、天が長吉に仇《かたき》を討つように仕向けているのではないか。そんな気がした。

「長吉さん。どうかなさって。そんな怖い顔をして」

「そうかえ。俺は決めたことがあるんだ」

「なに、それ？」

小巻が不思議そうにきく。

「今は言えねえ」

「どうして？」

「言ったら、願いが叶わなくなる」

重四郎の仇を探すのは並大抵のことではない。だが、重四郎がやっていたことを辿れば、きっと仇に巡り逢えるはずだ。

「その願いが叶ったら、俺は小巻さんをきっと……」

「きっと、なに？」

「いや、なんでもねえ」

「まあ、それも教えてくれないのね」

小巻はやさしく微笑んだ。さすがに身請けするとはまだ言えなかった。

俺は小巻のためにも重四郎の仇を討つのだと、改めて心に誓った。

第三章　追跡

一

栄次郎は吾妻橋を渡り、中之郷瓦町《なかのごうかわらまち》の北十間川の近くの空き地にやって来た。近くには焼物師・瓦師の作業場がある。川っぷちで瓦を焼き、船で運ぶ。

この瓦師たちが作業をしている先の空き地に、末松裕太郎と亀三の姿もあった。

栄次郎は野次馬をかき分け、横たわっている武士が見えるところまで出た。

「亀三親分」

栄次郎は声をかけ、

「亡骸を検《あらた》めさせてもらっていいですか」

「どうぞ」

栄次郎は横たわっている武士のそばに行く。すでに骸《むくろ》となっている、三十前後と思える侍だ。肩より襟にかけて一尺（三〇・三センチ）ほどの深い傷。ほぼ、即死だったであろう。

傍らに鞘に納まった刀が置いてあった。

「矢内さんの読みが当たってましたぜ」

亀三が感心して言う。

新八に言った、次の死体の遺棄場所は、深川の木場、神田川を遡った和泉橋から遠い場所で、橋場か向島あたりではないかと亀三にも話したのだ。

「念のために北十間川の辺を歩いていて死体を見つけたときには目を疑いましたぜ。まさに、矢内さんの読みが当たったんですからね」

栄次郎がお秋の家に着いたとき、亀三の手下が知らせに来てくれたのだ。

「身許は？」

「まだだ。財布に、身許を示すものはなかった」

裕太郎が答える。

「やはり、直参のようですね」

「そうでしょう」

直参は外泊が禁じられている。屋敷に帰らなければ、家人が騒ぐはずだから、やがて身許はわかるだろう。

「昨夜のうちに、船でここまで死体を運んで来たんですね」

亀三が大川のほうに目をやって言う。

「ええ。どこかで、何かが行なわれているんです。果たし合いか、それとも粛清《しゅくせい》のために殺されたのか……」

「しかし、果たし合いだとしたら、なぜこんなに何度も果たし合いが行なわれるのか」

裕太郎が疑問を投げ掛ける。

「末松さん、亀三親分」

栄次郎は思いつきですがと断ってから、

「一連の斬殺事件と似ているように思いませんか」

と、ふたりの顔を交互に見た。

「確かに、一連の斬殺事件はその場で決闘が行なわれたのに対し、今度のは別の場所で殺されて死体を捨てている。そういう違いはありますが、果たし合いをしているのは間違いありません」

「うむ、確かに」

末松が顎に手をやって頷く。

「もしかしたら、元はいっしょかもしれません。途中で、何かが変わったのです」

「何が変わったんでしょうか」

「わかりません。ですが、もし引き継がれているものなら、あの一連の斬殺事件の解決が間違っていたことになります。もっとも解決と言いながら、梶木重四郎を斬った人物は見つかっていないのです」

「そうだ。俺たちにしたら、まったく解決していないのだ」

「もう一度、探索してみたらいかがでしょうか」

「札差の『美濃屋』に、借金の申入れに来た安田弘蔵と島崎弥三郎が言い合いになったことから、決闘騒ぎになったということであったな」

「梶木重四郎は『吉葉屋』という口入れ屋を通して『美濃屋』の用心棒になったのです。美濃屋の話したことにはうさん臭さがあります。『吉葉屋』と『美濃屋』が新しい斬殺事件にも何らかの形で関わっているかもしれません」

「よし。どうせ、直参の調べは我らでは十分に出来ないのだ。新しい事件の探索は御徒目付に任せ、我らは『吉葉屋』と『美濃屋』を徹底的に洗おう」

裕太郎は意気込んで言う。

栄次郎はふと思いついたことがあった。

「今日は八日でしたね。八月八日。昨日が七日」

「そうです。それが？」

亀三が怪訝そうな顔をした。

「前回の和泉橋で死体が見つかったのは、確か四日ではありませんでしたか」

「そうだ。四日だ」

「つまり、殺されたのは三日。で、その前に木場で死体が見つかったのは……」

「先月の二十八日だ」

「殺されたのは二十七日」

「矢内どの。何が言いたい？」

「三例だけで決めつけるのは無茶かもしれませんが、果たし合いが行なわれたのは、七月二十七日、八月三日。そして七日。だとしたら、次は十三日。つまり、三と七のつく日に果たし合いが行なわれているのでは……」

栄次郎は自信があるわけではないので、

「念のために、十三日の夜、目ぼしいところを見張ったらいかがでしょうか」

「しかし、どこだかわからないものをどうやって？」

「次は橋場か築地《つきじ》周辺では？」

栄次郎は予測するが、あくまでも根拠はない。ただ、前と違う方面に捨てる傾向があると睨んだだけだ。

「よし。だめでもともとだ。十三日の夜は築地周辺を見張ろう。矢内どのも手を貸していただけますね」

裕太郎が念を押す。

「わかりました」

確証があれば、上役に訴えて手伝いを出さすことが出来るが、あくまでも栄次郎の勘でしかないのだ。

「よし。それまで、我らはまず『吉葉屋』を洗おう」

「私は、一度、『美濃屋』の主人に会ってみます。蔵前なら近いですから」

栄次郎は亡骸に目をやりながら言う。骸と化した武士の姿は秋の日差しを受けて穏やかに休んでいるようだった。

やがて検死与力がやって来た。栄次郎は現場を離れた。

栄次郎はさっそく御蔵前片町に向かったが、その前に森田町の札差『大和屋《やまとや》』の家人用の出入り口に向かった。

格子戸を開けて、大和屋への訪問を告げた。顔なじみの女中が大和屋に確かめに行って戻って来た。

「どうぞ、お上がりください」

「失礼します」

腰から刀を外し、右手に持ち替えて、女中のあとについて客間に向かう。

途中、廊下から広い庭の向こうに芝居の舞台が見える。毎月一度、素人芝居を楽しむほどに大和屋は芝居好きだ。正月には踊りの会が開かれ、栄次郎もその舞台に地方として何度も出ている。

客間で待っていると、大和屋庄左衛門《しょうざえもん》がやって来た。五十歳になるが、まだ顔の艶《つや》もよく、若々しい。

吉右衛門師匠の後援者のひとりであったが、一時ちょっとしたいざこざで関係が悪くなったものの、そんなことがあったなどおくびにも出さずに、

「並木屋さんは残念なことでした。吉右衛門師匠はいかがですかな」

「はい。大旦那の遺言もことごとく破棄されて、師匠も怒っていましたが、ようやく

『並木屋』の大旦那を失った痛手から立ち直ってきました」

「跡継ぎの時左衛門は芸事にはとんと興味を示さない男だからな」

大和屋は侮蔑するように口許を歪《ゆが》めた。

「はい。ある意味、仕方ないことかもしれません」

「うむ」

頷いてから、

「で、きょうは何かね」

「まったく芸事とは関わりないことでして」

そう断ってから、

「御蔵前片町の『美濃屋』さんのことで教えていただきたいことがありまして」

「美濃屋?」

とたんに、大和屋は眉を寄せ、不快そうになった。

「はい。美濃屋さんはどんなおひとなんでしょうか」

「あの男も並木屋と同じだ。芸事にまったく興味を示さない。つまらない男だ」

「何が道楽なのでしょうか」

「若い頃は博打《ばくち》にのめり込んで、親から勘当《かんどう》されたこともあった」

「博打ですか」

「それと喧嘩ッ早い。腕力があるから、周囲は何も言えん。あの男に意見出来るのはわしぐらいなものだ」

「そうですか」

「美濃屋に何かあったのか」

「お聞き及びかと思いますが、『美濃屋』に安田弘蔵と島崎弥二郎という武士が借金の申入れに訪れた際、両名がかち合った。そこで何か言い合いになったそうです。その後、美濃屋は外で不審な人間にあとをつけられるようになり、身の危険を感じたので、腕の立つ梶木重四郎という浪人を用心棒に雇った。そういう経緯があって、関係した者たちが決闘をして、命を落とした……」

「わけのわからぬ話だ」

　大和屋が切り捨てた。

「と、おっしゃいますと」

「借金の申入れに訪れたふたりがかち合って喧嘩になったというが、なぜ喧嘩になるのか。どちらかひとりに金を貸すとでも言ったのではないか。それに、さっきも言ったように、美濃屋は腕力に自信を持っていた。身の危険を感じたので、用心棒を雇ったなどということはあり得まい」

「そうですか。美濃屋は札差としては有力なお方なのですか」

「そうだ。何代も続いている古株だ。だから、寄合《よりあい》でも大きな顔をしている」

大和屋は侮蔑するような目をして、

「ただ、『美濃屋』は古株だけあって、札旦那《ふだだんな》には大物の旗本が何人もいる」

取り引きのある蔵米取《くらまいと》りの武士のことを、札差は札旦那と呼んだ。

「何か美濃屋のことで知りたいことがあればなんでも話してやる」

「その節はお願いいたします」

大和屋の感情的な言葉がどこまで真実を語っているかわからないので、栄次郎はその後は適当に相槌を打ち、立ち上がった。

『大和屋』を出てから、御蔵前片町に入ったが、『美濃屋』の前を素通りをし、天王《てんのう》橋《ばし》を渡ったところにある天王町に向かった。そこに、矢内家の蔵宿《くらやど》である札差『太田《おお た》屋《や》』がある。蔵宿とは、武士から見た札差のことである。

栄次郎は『太田屋』に入って行った。

番頭に『太田屋』の主人への訪問を告げると、いったん奥に向かった番頭がすぐ戻って来た。

「どうぞ。客間のほうに」

番頭は女中を呼び、栄次郎を客間に通すよう命じた。

「すみません」

栄次郎は女中のあとを伝い、内庭に面した部屋に通された。

『大和屋』ほどではないが、やはり立派な屋敷だ。いかに昔の勢いはないとはいえ、まだまだ札差の威光は残っている。

待つほどのこともなく、太田屋がやって来た。

「これは栄次郎どのではございませぬか。いったい、どうなさいましたか」

「突然、お邪魔して申し訳ありません」

「いや、なんの。栄之進さまに何かおありですか」

「いえ。兄の手伝いで少し調べていることがありまして」

「なんでしょう」

「御蔵前片町の『美濃屋』のことです」

「『美濃屋』？」

大和屋に話したと同じことを口にしてから、

「美濃屋さんは誰かをかばっているように思えて仕方ないのです。それで、美濃屋さんがどんなひとかお聞きしたくて参りました」

「そうですか」

太田屋は首をかしげ、

「じつは、私は今の美濃屋さんのことはよくわからないのです」

「よくわからない?」

「もちろん、いつも会っていますからよく知っています。わからないというのは、あのお方の本性とでも申しましょうか。何を考えているかわからないのです」

「…………」

「もっとはっきり言えば、ときたま怖くなることがあります」

「怖く?」

「そうです。冷たい目で見つめられると、背筋がぞっとします。顔はにこやかなのに、目がまるで別人のように」

「なぜでしょうか」

「それは……」

太田屋は言いよどむ。

「なんでしょうか」

　栄次郎は促す。

「あくまでも噂です。この噂を聞いたせいで、怖いと感じているだけかもしれませんが」

　太田屋は少し膝をずらし、

「美濃屋さんは若い頃、ひとを殺しているんじゃないかと」

「まさか」

「ですから、あくまでも噂です。美濃屋さんは若い頃、賭場《とば》に入り浸《びた》りして、先代に勘当されたことがあったそうです」

　そのことは大和屋も言っていた。

「その頃、博打のいざこざからひとを殺したと、たまたま関わった男が話していました。その男も同じ賭場に出入りをしていたと言います」

「どうして、その男が太田屋さんにそんな話をしたのですか」

「美濃屋のことできたいと、外で声をかけられたのです。同じ札差だというので声をかけたようです。若い頃、賭場に出入りをしていなかったかときくので、勘当されていた時期があったと話しました。そしたら、間違いない。奴だと」

「昔の仲間だったのですか」

「そうです。そのとき、ひと殺しのくせに札差の旦那かと蔑《さげす》んでいました」

「その後、そのひとはどうしたのですか」

「わかりません。その後、現れません」

「いつのことですか」

「五年ほど前です。そのことを聞いてから、美濃屋さんに会うと、ついそんな目で見てしまいましてね。あっ、このことは今まで、誰にも話していません」

太田屋はあわてて付け加えた。

見ず知らずの男から聞いた、ほんとうかどうかわからない話をそのまま信用して、美濃屋に恐怖を覚えたのだろうか。

「太田屋さん。あなたに声をかけて、美濃屋のことを話した男。その後、どうなったのか、あなたは知っているんじゃありませんか」

栄次郎は静かに迫った。

「じつは、私と会った数日後、浜町《はまちょう》の大川端に土左衛門《どざえもん》となって揚がりました」

「土左衛門ですか」

「酔っぱらって川にはまったということでした」

太田屋はその男は殺されたと考えているのだ。もちろん、殺《や》ったのは美濃屋だと疑っているのだ。

栄次郎は美濃屋に深い闇を見はじめていた。

二

翌日、栄次郎は御蔵前片町の『美濃屋』を訪ねた。

ちょうど、客の武士を見送りに外に出て来た美濃屋が店に戻る前に、栄次郎は近付いて行って声をかけた。

「美濃屋どの。私は矢内栄次郎と申します。少し、お話がしたいのですが」

「話とは？」

「先日に連続で起きた斬殺事件のことです。私は最後に斬られて死んだ浪人の梶木重四郎どのと懇意にさせてもらっていた者なのです。重四郎どのが美濃屋さんの用心棒をしていたと聞いて、ぜひ美濃屋さんからお話をお伺いしたいと思いまして」

「だいぶ前のことですからね」

「借金の申入れに来た安田弘蔵どのと島崎弥二郎どのが言い合いになったことから、

決闘騒ぎになったということだそうですが、それにどう重四郎どのが関わっているのか」

「その話はもう済んだことです」

「でも、重四郎どのを斬った相手はわからずじまい。それより、なぜ、重四郎どのが決闘に巻き込まれなくてはならなかったのか……」

「私には関わりないこと」

「わかっています。でも、重四郎どのを用心棒に雇ったことで何か気づいたことがおありではないかと」

「ありません。失礼」

「お待ちください。また、最近、武士の斬殺死体が見つかっています。重四郎どのを斬った相手がわからないままということと……」

「矢内栄次郎さまとおっしゃいましたか」

「はい」

「御徒目付に矢内栄之進さまというお方がいらっしゃいますが」

「兄です」

「そうでしたか。ご兄弟ですか。しかし、あまり似ていませんな」

「兄は父親似で、私は母親似ですので」

ほんとうは栄次郎は矢内家の実の子ではない。だが、血のつながりは関係ない。栄次郎は矢内の父と母は自分の実の親だと思っている。

「それでは、私にきくより、兄上どのにお訊ねになるべきかと存じます。では、仕事がありますので」

美濃屋は店の中に消えた。

やはり、美濃屋は何も答えようとしない。いや、答えられないのだろう。やはり、事件解明の鍵は美濃屋が握っているような気がした。

ただ、新たな死体遺棄に関しては殺されたふたりの蔵宿は『美濃屋』ではないのだ。そう考えると、美濃屋は死体遺棄には関わっていないのか。


八月十三日の夜、栄次郎は亀三とともに築地本願寺脇の堀にかかる本願寺橋の袂にいた。死体遺棄場所のひとつとして築地本願寺周辺の空き地を考えた。

死体は船で運んで来る。遺棄場所は川の近くであることは間違いなく、もうひとつ考えられるのが釆女ヶ原《うねめがはら》だ。

築地本願寺の西に広がる武家地の向こう側だ。釆女ヶ原の真ん中には馬場があり、昼間は武士が馬術の稽古をし、その馬場のまわりでは芝居小屋や茶屋などが出来て賑わうが、夜ともなると真っ暗で寂しい。

そこには、裕太郎が小者とともに待機をしていた。

七日に斬られた北十間川の川岸で見つかった武士は、御徒衆の東馬小五郎《とうまこごろう》という男だった。同じ御徒衆だが、霊巌寺裏の雑木林で殺されていた安田弘蔵とは属する組が違うのでつきあいはないということだ。

和泉橋で見つかった武士もそうだったが、屋敷の者には行き先を告げずに外出していた。ふたりの家人は数日前から口数が少なくなったことをそれぞれ気にしていたらしい。

「そろそろ子《ね》の刻《こく》（午前零時）になりましょうか」

亀三が川を見つめて言う。

今夜は十三夜の月が明るく周囲を照らしている。

「ええ。そうですね」

どこかの屋敷で決闘が行なわれ、敗れた者の亡骸を船で捨てに来る。そういう想像をしたが、なぜ、そんな決闘が行なわれるのか想像もつかない。

「やっ、水音だ」

亀三が緊張した声を出す。

大川から船がやって来た。が、猪牙舟だった。船頭がひとり、客がひとり乗っていた。客は武士だ。吉原帰りか、深川か。

猪牙舟は本願寺前を過ぎ、武家地に向かった。

それから、四半刻経った。船は来ない。

「どうやら外れたようですね」

栄次郎は無念そうに言う。

「もう、来ないでしょうか」

三のつく日に決闘が行なわれるというのが間違っていたのか、それとも遺棄場所の見当が外れたのか。

采女ヶ原から、裕太郎と小者が小走りにやって来た。

「来ないようだ」

裕太郎が疲れたような声で言う。

「もしかしたら」

栄次郎ははっとなった。

「鉄砲洲稲荷裏で決闘があったので鉄砲洲ではないと思っていましたが、考えてみれば稲荷橋の近くなら船で運んで来るのにちょうどいいかもしれません。鉄砲洲稲荷まで行ってみませんか」

「どうせ帰り道だ」

裕太郎は気乗りしないように言った。

栄次郎たちは南小田原町《みなみおだわらちょう》から南飯田町《みなみいいだまち》までやって来て、明石橋《あかしばし》を渡った。渡りきったとき、亀三が奇妙な声を上げた。

「どうした？」

裕太郎が声をかけた。

亀三が橋の欄干《らんかん》に手をかけて川岸を覗いている。栄次郎ははっとした。裕太郎も気づいたようだ。

「あったか」

「ありました。侍です」

亡骸があったというのだ。栄次郎は川岸に向かった。

武士が仰向けに倒れ、傍らに鞘に納まった刀が置いてあった。

「ここだったか」

裕太郎も舌打ちした。

「肩から襟にかけて一尺ほどの深い傷。北十間川の亡骸と同じですね」

栄次郎は傷を見た。

「同じ人間の仕業か」

「そうだと思います」

「おい、自身番に知らせて来い」

裕太郎は小者に言ってから、

「ちくしょう、俺たちの近くに亡骸を棄てに来た船がいたんだ」

と、忌ま忌ましげに言う。

「でも、矢内さんの言うように、三のつく日に死体遺棄がありましたね。やはり、七と三のつく日に何かが行なわれているんですね」

亀三が薄気味悪そうに顔をしかめる。

「そうだ。どっかの屋敷だ。それも川に近いところだ」

裕太郎はそう言ったが、栄次郎はそうとは言い切れないと思った。屋敷から船着場まで駕籠か大八車で亡骸を運ぶということも考えられる。

「いったい、その屋敷で何が行なわれているのか」

栄次郎は殺された武士の刀を手にして抜いた。月光に刃を向ける。微かな刃こぼれがあったが、血糊《ちのり》はついていなかった。

防戦一方で、相手に一矢を報いることも出来なかったようだ。

「財布の中に名前の書いた紙切れがありました。小石川、瀬島友之助《せじまとものすけ》とあります」

自分で書いて財布に入れておいたのだろうか。万が一のことを考えて、名前がわかるようにしていたのかもしれない。

身許がわかったところで、あまり期待は出来ない。先のふたりのように、瀬島友之助も家人に内証で屋敷を出ているはずだ。当然、家人はどこに出かけたのか何も聞かされていないだろう。

ただ、家人は数日前からの異変には気づいていたようだ。口数が少なくなったりしているのを予兆としてみている。

本人は果たし合いをすることを承知で出かけているのだ。いやだったら、出かけるはずはない。

斬られた侍たちに共通することがふたつあった。ひとつは剣の腕に覚えがあること。もうひとつは、暮しの困窮だ。

もっとも暮しの困窮はこの者たちだけに限ったことではなく、多くの武士が借金暮しなのが実情だ。

自身番から町役人がかけつけて来た。それからしばらくして、奉行所から宿直《とのい》の当番方与力が駆けつけて来た。

翌朝、栄次郎は朝餉のあと、本郷の屋敷を出た。

明石橋から屋敷に帰ったのは明け方で、仮眠をとった程度だったが、眠気は襲って来ない。事件に立ち向かう気力が眠気より勝っている。

明神下の長屋木戸を入り、新八の住まいの腰高障子を開ける。

「栄次郎さん。早いですね」

新八は恐縮しながら、

「こっちから行こうと思ったんですが、昨夜は栄次郎さんは帰りが遅いだろうから早く行って起こしては迷惑かと思いましてね」

「いつもの時間に目が覚めてしまいました。で、どうでした？」

「夕方に出かけましたが、行き先は今戸《いまど》にある妾の家でした」

「妾？」

「ええ。そこで一刻半（三時間）ほど過ごしました」

「そうですか。違いましたか」

てっきり、果たし合いが行なわれる屋敷に行くものと思っていたが、違ったようだ。

やはり、美濃屋は関係ないのか。

待てよ、と栄次郎は内心で叫んだ。

美濃屋は栄次郎が会いに行った直後のことでかなり警戒していたはずだ。だとすれば、妾のところに行った振りをして実際は……。

「新八さん。妾の家に裏口はありましたか」

「裏口ですって」

「ええ。美濃屋は裏口から出て行ったということは考えられませんか」

「いえ、ないと思いますが……」

新八は首を傾げながら、

「確かに裏口はありました。ときたま、裏口にも注意を配りましたが、もしかしたら、表を見張っている間に裏から出たかもしれません」

新八は自分の過ちのように唇を嚙んだ。

「ひとりで裏口まで見張るなんて無理です」

「すみません」

「新八さんが謝ることではありません。私が美濃屋に会いに行ったので警戒させてしまったのです。私が会いにさえ行ってなければ」

「これから今戸に行って、近所を聞き込んでみます。裏口から出て行き、裏口から戻って来たのです。もしかしたら、誰かが見ていたかもしれません」

「いえ。そこまでするなら、ひとに見られるようなへまはしないでしょう。次回があります」

「わかりました。次は十七日ですね」

「おそらく、そうでしょう」

「今度は裏口にも気をつけます。あるいは、こんどは直《じか》に、目的の場所に行くかもしれません。それまで、また髪結い床で噂を拾い集めます。柳橋周辺や米沢町《よねざわちょう》など、船宿に近い髪結い床なら船頭などが集まりますから」

「そうですね。不審な船を見たことがあれば、ひとに話すでしょうからね。では、私はちょっと師匠のところに寄ってからお秋さんの家に行きます」

「わかりやした。夕方に、行ってみます」

栄次郎は新八の長屋を出て、元鳥越町の吉右衛門師匠の家に行った。

きょうも栄次郎が一番乗りで、他の弟子はまだ来ていなかった。

「吉栄さん。驚いたことがあるんですよ」

いきなり、吉右衛門が言う。

「なんでしょうか」

吉右衛門の表情が明るいのでよいことだなと思って安心してきく。

「『並木屋』の時左衛門さんが、今後の会のために使ってくれと十両を寄越《よこ》したんです」

「十両ですか。それはまたどうして?」

「やはり、大旦那の遺言をまったく無下《むげ》にするのは心が痛むということでした。ただ、この十両を最後に『並木屋』とは縁を切ってもらうと仰ってました」

「それにしても、よく十両を出してくれたものですね」

「どうやら余禄《よろく》があったようです」

「余禄ってなんでしょうか」

「わかりませんが、大旦那からいただいたものと思い、大事に使わせていただきますとお礼を申し上げておいた」

「でも、これで大旦那も草葉の陰で安心してくださっているでしょうね」

栄次郎は久し振りに師匠に笑顔が戻って安堵した。

師匠の家から浅草黒船町のお秋の家にやって来た。栄次郎は最近、三味線の稽古に身が入らない。

　きょうも二階の部屋で三味線の稽古をしていたが、一刻ほど続けていて、撥を持つ手が止まっていた。

　栄次郎の脳裏を占めているのは不可解な果たし合いが行なわれていることだ。なぜ、斬られた者たちは闘いを挑んでいったのか。

　いったん、事件に思いを向けると、三味線を弾き続けることが出来なくなる。三味線弾きとして生きて行くには毎日の稽古は欠かせない。それなのに、何かあると、そっちが気になり、稽古が疎《おろそ》かになる。

　自分の心の弱さゆえかと思っていたが、栄次郎にとっては不可解な事件の解明や殺された人間の無念を受けとめ、代わって真相を突き止めることのほうが大事なのかもしれない。つまり、自分は三味線弾きになりきれないのだ。

　栄次郎は三味線を置き、窓辺に立った。

　大川に屋根船や猪牙舟が行き交う。先月の二十七日、今月に入って三日と七日、そして昨日の十三日の夜、この大川を亡骸を乗せた船が死体の遺棄場所に向かったのだ。

　おそらくどこぞの屋敷で行なわれているのであろう。誰が何のために、剣客を闘わせているのか。

梯子段を上がる足音がした。

「栄次郎さん」

障子を開けて、お秋が入って来た。

「新八さんがお見えです」

「すみません。ここに通していただけませんか」

「わかりました」

お秋は階下に行き、代わりに新八が上がって来た。

「失礼します」

「ごくろうさまです。さあ、どうぞ」

部屋の真ん中で、新八と差し向かいになる。

「米沢町の髪結い床で、薬研堀《やげんぼり》の船宿の船頭が七日の夜、両国橋の下で怪しい船とすれ違ったそうです。なんでも、船頭は黒い布で頬かぶりをして、ほかにふたりいた男も同じように黒い着物だったそうです」

新八が切り出し、さらに続けた。

「すれ違ったあと、線香の匂いがしたそうです」

「線香の匂い？」

「風の加減で漂って来たようです」

「七日の夜というと、北十間川に死体が棄てられた日ですね」

「そうです。その船頭に会って来ましたが、やはり死体を棄てに行くところだったのではないかと言ってました」

「その船はどこから出発したのかはわからないのですね」

「ええ。ただ、ただ岸から離れて行くところのようだったから、日本橋川《にほんばしがわ》や浜町堀《はまちょうぼり》辺りから出て来たんじゃないかと言ってました」

「そうですか。日本橋川、浜町堀周辺ですか」

あの付近のどこかに果たし合いが行なわれた屋敷があるのだろうか。

「やはり、髪結い床はいろいろな噂が出ますね。たとえば、最近、日本橋本石町にある紙問屋の主人が何かで大儲けをしたらしく、吉原でどんちゃん騒ぎをしたそうです。まあ、大店の主人でも、吉原で豪遊などなかなか出来ることではありませんね」

「何かで大儲けですか」

栄次郎は聞きとがめた。

「ええ。富籤《とみくじ》ではないでしょう」

「それに代わるような何かがあるんでしょうか。じつは、吉右衛門師匠が並木屋さんから、会のために使ってくれと十両をもらったそうです」

「十両ですか」

「大旦那の遺言をまったく無下にするのは心が痛むということらしいのですが、どうやら余禄があったらしいのです」

「余禄？」

「そうです。それで、出す気になったのでしょう」

「十両を出したってことは、余禄はもっとあったんでしょうね」

「そうですね。吉原で豪遊した紙問屋の主人と言い、いったい、なんで儲けたのか。まさか」

栄次郎は思いついたことがあった。

「並木屋さんも紙問屋の主人も同じことで儲けたのでは……」

「同じこと？」

「それが何のことかわかりませんが、新八さん、並木屋さんと紙問屋の主人につきあいがあるかどうか調べていただけませんか。ひょっとして、ふたりは同じことをしていたのかも」

ぼんやり浮かんできた何かを見極めようとしたが、はっきりした姿にならず消えていった。だが、栄次郎は何かに一歩近付いたという手応えを感じ取っていた。

三

長吉はきょうも門前仲町にある口入れ屋『吉葉屋』の暖簾をくぐった。

帳場格子に亭主の黒兵衛が座っていた。四十ぐらいで、四角い顔がてかてかしている、恰幅のいい男だ。

「まだ、ないですかえ」

「なんど来たって同じだ。侍でもない男に用心棒を頼む人間はいない」

「でも、剣術なら自信があるんだ。梶木さまに毎晩稽古をつけてもらっていたんですぜ」

「刀も持っていないで、どうやって依頼人の身を守ることができるのだ？」

「木剣があります。あっしはずっと木剣で修練してきましたから」

黒兵衛は呆れたように、

「いってえ、どういうつもりで、そんなに用心棒に拘るんだ？」

「文庫売りの行商がばかばかしくなったんだ。毎日歩き回っても、たいした儲けにならねえ。それより、命を張ってでも金になる仕事がしたいんだ」

長吉は訴える。

「金が欲しいのか」

「欲しい」

「何に使うんだ？」

「ちょっと」

「女か」

「………」

長吉は鼻の頭をこする。

黒兵衛が笑った。

「文庫売りはどこまで行っているんだ？」

「あっちこっちだ。きょうは浅草雷門《かみなりもん》から下谷に抜けて神田明神まで行くつもりだ」

「それだけ歩いても、たいした儲けにはならないのか」

「そうだ」

「わかった。心がけておこう」

「お願いします」

長吉は頭を下げて、『吉葉屋』を出た。

重四郎は『吉葉屋』を通じて札差『美濃屋』の用心棒になったのだ。そこで、何かに巻き込まれたのだ。

長吉も同じ道を行けば、重四郎が死なねばならなかった理由がわかり、殺した相手が見つかる。

その思いで、『吉葉屋』を訪れている。

しかし、まだ用心棒の口はない。それも当然だろう。侍ではなく、一介の行商人の男に用心棒が務まるわけはないと思うのが自然だ。だから、毎日のように顔を出して、自分を認めてもらうように頼むしかない。

北森下町の長屋にいったん帰り、少し休んでから長屋を出た。

文庫を仕入れ、行商に出る。遊んでいるわけにはいかないのだ。店を持とうとこつこつ貯めた金は、もはや不要になった。おたかとの夢が破れた今は金を貯める必要はない。

小巻との逢瀬《おうせ》に使うのだ。

文庫を担いで両国橋を渡った。両国広小路から浅草御門を抜けて蔵前に差しかかった。

札差『美濃屋』の前を通る。奉公人が忙しく立ち働いている。そのまま素通りして浅草のほうに足を向けた。

「文庫やあ、ぶんこー」

声をかけながら、雷門前から田原町《たわらまち》に抜ける。少し文庫が売れた。

稲荷町から上野山下、下谷広小路と過ぎ、神田明神のほうをまわった。その間に、少しずつ文庫が売れた。

筋違橋《すじかいばし》を渡った頃はだいぶ陽が傾いていた。柳原《やなぎわら》の土手に出て、荷を置いて休む。

荷足船《にたりぶね》が行き交う。船を見ていて、あの夜見た怪しげな船を思い出した。その翌日、船が向かう先にあった木場で、侍の斬殺死体が見つかった。

長吉が見た船が死体を運んでいたに違いない。その後も、各所で、斬殺死体が見つかった。

それが、重四郎が殺された件とつながっているのかどうかわからないが、長吉はつながっているように思うのだ。

背後で足音がした。不穏な空気に、長吉は立ち上がった。

いかつい顔をしたごろつきが三人近付いて来た。

「おい、さっき神田明神の前で商売をしていたのはおめえか」

大柄な男がどすの利《き》いた声で言う。

「へい。それが何か」

「それが何かだと。挨拶もなく、ひとの縄張りで商売しやがって。稼いだ金を出してもらおうか」

「なぜ、出さねばならないんですか」

「なんだと？」

男は口許に冷笑を浮かべた。

「どうやら、痛い目に遭わないとわからねえようだな」

いきなり横にいた男が殴りかかった。長吉は顔を避けながら、相手の腕を摑んでひねり、相手の脇腹を左拳で殴った。

ぐえっと息が詰まったような声を上げてくずおれた。

「このやろう」

大柄な男が懐から匕首《あいくち》を抜いた。もうひとりも匕首を構えた。

長吉は後退《あとじさ》りながら、足元を見る。少し先に木の枝が落ちていた。長吉はいきなり大柄な男に突進する。

不意の動きに、男は驚いて匕首を構えたまま横っ飛びに逃れた。長吉は駆け抜け、木の枝を拾った。

振り返り、枝を思い切り何度か振る。少し細いがやむを得なかった。

「よし。かかって来い」

長吉はもはや怖いものはなかった。

「どうした、かかって来ねえならこっちから行く」

「やろう」

大柄な男が匕首を振り回した。

右に左に体を揺らして避けながら、

「そんなへっぴり腰じゃだめだ」

と、長吉は男に言う。

「ふざけやがって」

男がむきになって向かって来た。長吉は木の枝で相手の手首を叩く。男は顔を歪めたが匕首を離さない。

長吉は踏み込んで、枝で相手の胴を叩いた。うっと呻いて、男は片膝をついた。細い枝なので、大きな打撃を与えることは出来なかった。

もうひとりが、匕首を構えたまま立ちすくんでいる。

「どうするんだ、やるのか。やるなら、早くかかって来い」

大柄な男は腹を押さえながら立ち上がった。

「行くぞ」

男はふたりの男に言い、土手を駆け下りた。ふたりもあとを追った。枝を捨てたとき、ふと前方から大店の旦那らしい羽織を着た男が近付いて来た。

「お見事ですな」

「いえ、お見苦しいところを見られちまったようで」

長吉は苦笑した。

「いや、なかなかの腕前。お見事でございました」

「へえ、どうも」

「お侍さまではないようですが、剣術のほうは？」

「国にいたときから好きで、庄屋さんの屋敷に居候をしていた浪人に稽古をつけてもらいました」

「かなり、腕の立つ師であったのでしょうな」

「あっしは知りませんでしたが、剣客の間ではかなり知れ渡ったお方だそうです」

「そうですか」

男は頷いてから、

「失礼だが、お名前は？」

「長吉って言います」

「長吉さんは文庫を売っていなさるのか」

男は荷物に目をやった。

「へい」

「失礼だが、文庫を売ってどれほど稼げるのか」

「微々たるものです」

「そうだろうね。私は須田町の酒問屋『灘屋《なだや》』の主人で、竹兵衛《たけべえ》と申します。一度、店に私を訪ねて来なさい。もっと実入りのいい仕事を世話しましょう」

「実入りのいい仕事ですかえ」

「ええ。その気があれば、お店に私を訪ねて来なさい」

「どんな仕事でしょうか」

「はっきり申せば、私の用心棒のようなものです」

「用心棒ですかえ」

「いやですか」

「とんでもない。あっしでよければやらしていただきます」

「そうですか」

「でも、あっしなんかでいいんですか。侍じゃありませんぜ」

「腕のほうはこの目で見ました。お引き受けいただけるなら、そうですね、十日で五両出しましょう」

「五両？　ほんとうですかえ」

「ええ」

「ぜひ、やらしてください」

長吉はその気になった。

「話は決まりました。では、明日の夕方、須田町の『灘屋』まで私を訪ねてください」

「ほんとうなんですね」

「ええ」

「わかりました。必ず、明日」

長吉は喜び勇んで荷物を持って引き揚げた。

両国橋を渡った頃には夕陽も沈み、空も暗くなっていた。

その夜、長吉は茶屋に上がり、子供屋の『桔梗屋』から小巻を呼んだ。

いつものように部屋で酒を呑んで待っていると、小巻がやって来た。

「いらっしゃい」

小巻が障子を開けて入って来た。

長吉のそばに寄り添い、小巻は銚子を差し出す。

「長吉さん。なんだか、うれしそう」

「わかるかえ」

「ええ。表情が生き生きしているもの」

「そうか。ちょっといいことがな」

長吉は含み笑いをした。

「いいこと?」

「なあに、仕事のことだ」

『灘屋』の主人竹兵衛とのことは小巻には話せない。用心棒の仕事のことは隠しておかねばならない。

「いい仕事が見つかったの？」

「ああ、少し金になる」

「危ない仕事では？」

小巻が眉根を寄せた。

「そんなんじゃない。小巻さんは心配しなくていい」

「でも」

「俺は小巻さんを身請けするんだ」

「ありがとう。その言葉だけでもうれしいわ」

「何言っているんだ、俺は本気だぜ」

「だって、私はあなたより年上よ。それに……」

小巻は言いさした。

「それに？　それに何だえ？」

「ううん。なんでもない」

亭主持ちだと言おうとしたのかもしれない。もう二度と会うことはないと思っていても心の中では梶木重四郎といっしょなのだ。

重四郎がすでにこの世の人間ではないことを、小巻はまだ知らないのだ。長吉が小巻を身請けするときには重四郎の死を告げ、心のけじめをつけさせないとならない。

そろそろ四十九日を迎えようとしている。早いものだ。最初は重四郎の妻女ということで指一本触れられなかったが、小巻を身請けすると心に決めてから重しがとれたようになった。

その前に、重四郎の仇を討たねばならないが、いくつもの難関を乗り越え、重四郎のためにも小巻を苦界から救い出すつもりだった。

どちらからともなく、ふたりは隣りの部屋に移った。有明行灯《ありあけあんどん》の明かりが淫靡《いんび》な淡い明かりを放っている。

長吉は先にふとんに横たわった。頭の上で、衣擦れの音がする。やがて、白い裸身が長吉の横にやって来た。

(梶木さま、すまねえ)

長吉は心で詫びながら、小巻の体を引き寄せていた。


翌日の夕方。長吉は須田町の酒問屋『灘屋』にやって来た。手に風呂敷に包んだ木剣を持っている。

『灘屋』は漆喰《しっくい》土蔵造りの店で、屋根の上にある杉の葉を束ねて丸くした酒林《さかばやし》がすぐ目についた。

店先に出て来た前掛けをした小僧に声をかける。

「すまねえな。長吉が会いに来たと、旦那に告げてくれねえか」

「長吉さんですね。じゃあ、ただいま」

元気な声を上げて、店の奥に向かった。

岡持ちを持った出前持ちが小走りに横切った。夕暮れで、行き交うひとは忙しそうだ。

「お待ちどうさまです」

小僧が戻って来た。

「どうぞ、こちらに」

小僧は店を出て、家族用の入口に案内した。格子戸を開けると、女中が待っていて、上がるように言った。

長吉は客間に通され、待つ間もなく、昨日の男、灘屋竹兵衛がやって来た。羽織を着て、外出着のままだ。帰って来たのか、これから出かけるのか。

「よく来てくださった」

「はい」

「じつはこれから、柳橋の船宿まで行かねばならないのです。ついてきてもらいたいのだが」

「よございます」

「そうですか」

長吉の脇に置いてある木剣に目をやり、

「それがあなたの武器ですか」

と、きいた。

「はい」

長吉は風呂敷を解いて、黒みがかった木剣を取り出して見せた。

「私の師からいただいたものです。この木剣を持っていると、師の魂が乗り移ったような気がするのです」

「そうですか」

廊下に足音がした。

「駕籠が参りました」

「わかった。すぐ行く」

竹兵衛は女中に声をかけてから、

「では、参りましょう」

と、長吉に言う。

「へい」

長吉は木剣を持って立ち上がった。

灘屋を乗せた駕籠は柳原通りを行き、両国橋の手前を左に曲がり、柳橋を渡った。神田川沿いにある船宿の前で駕籠が停まる。

駕籠から下りた灘屋は駕籠を返し、長吉に半刻ほど待つように言い、船宿に入って行った。

長吉は柳橋の袂で待った。船宿が何軒もあり、猪牙舟や屋根船がもやってある。ここから猪牙舟に乗って行く人間が多い。吉原か深川に遊びに行くのだろう。

辺りは暗くなり、屋根船に芸者を交えて一行が乗り込んでいる。やがて、屋根船がゆっくり出発をし、柳橋をくぐって大川に出て行った。

またも、あの夜見た怪しい船を思い出した。遺棄死体を運ぶ船だ。そのあとも、猪牙舟や屋根船が何艘も出発して行った。

ちょうど、船宿から灘屋が出て来た。女将らしい女といっしょだが、灘屋はひとりだけだった。会っていた相手はまだ残っているようだ。

いったい、誰と会っていたのだろうかと思ったが、そのことを詮索する間もなく、長吉は灘屋のそばに行った。

「旦那。駕籠は？」

「いい。歩いて帰ろう」

灘屋は柳橋を渡った。

柳原通りに差しかかったとき、

「旦那さま。ずっとつけてくる者がいます」

「なに、つけてくる者？」

「へい。ふたりです」

「わかるのか。たいしたものだ」

「いえ」

気配を感じるのだ。

「私を狙う者かもしれぬ」

「なぜ、旦那さまを？」

「逆恨みだ」

人通りが途絶えたとき、背後から地をするような足音が迫った。

「旦那さま。お離れください」

長吉は風呂敷の結び目を素早く解き、木剣を取り出した。足音の主は裂帛《れっぱく》の気合とともに、長吉に斬りかかった。

長吉は振り向きざまに木剣をすくい上げて相手の剣を弾き、さらに相手の脇をすり抜けながら相手の脾腹《ひばら》を打ちつけ、背後で剣を構えていた侍に飛びかかり、なんの手出しもしないうちに肩をしたたか打った。

悲鳴を上げて、侍は剣を落とした。手拭いで頬かぶりをしているが、浪人のようだ。

「手加減した。骨は砕けていないはずだ」

長吉は侍の前に仁王立ちになって、

「なぜ、旦那を襲う?」

と、問い詰めた。

先に脾腹を打ちつけた侍が背後から斬りかかって来た。長吉は身を翻して相手の剣を避け、と同時に小手を打った。

相手が剣を落とした。

「さあ、言うのだ。誰かに頼まれたのか」

長吉は木剣を相手の鼻先に突き付けた。

「もういいでしょう」

灘屋が背後から声をかけた。

「誰が仕向けたかは想像がつきます。この者たちは、もう二度と襲って来ることはありますまい」

「いいんですかえ」

「ええ。構いません。さあ、行きなさい」

灘屋は浪人たちに言った。

ふたりは刀を拾い、あわてふためいて逃げて行った。

「長吉さん。助かりました」

「いえ。さあ、急ぎましょう」

また柳原通りの暗がりは続き、新たな敵が現れるやもしれず、長吉は店に帰るまで周囲に注意を向けていた。

再び、客間に入り、灘屋が改めて礼を言い、

「とりあえず、これから十日間、用心棒を務めていただけますか」

「はい」

「これは十日間の手当て。そして、これはきょうの報奨です」

五両の他に、一両が加えられた。

「いいんですかえ、こんなに」

「どうぞ」

「ありがとうございます」

「では、明日からもお願いいたします」

「はい」

長吉は金を押しいただいた。

再び、柳原通りを急ぎ、さっき浪人が襲って来た辺りに差しかかった。そのとき、なんとなくわだかまっていたものが急に浮上した。

あの浪人はどうして灘屋の動きがわかったのか。灘屋が船宿に入っている間、長吉は柳橋に立ち、周辺に目を配っていた。

不審な人影は目に入らなかった。いったい、いつ、どこで、あのふたりは灘屋を見かけたのだろうか。

偶然に行き合わせ、あとをつけてきたのだろうか。そのことを考えながら両国橋を渡るうち、長吉は懐の金のことから小巻のことを思い出し、今夜も会いに行こうかと考えていた。

四

八月十七日になった。栄次郎は日本橋本石町にある紙問屋『野上屋《のがみや》』の主人助太郎《すけたろう》を見張っていた。

野上屋は何かで大儲けをして、吉原でどんちゃん騒ぎをしたという。そんなことで、野上屋が死体遺棄に関わっていると考えるのは短絡過ぎるが、いったん浮かんだ疑問は解いておかねばならない。

夕陽が辺りを染めている。野上屋が駕籠で出発した。栄次郎はあとをつける。大通りを突っ切り、小伝馬町の手前で右に曲がった。東堀留川に出る。そのまま小《こ》網町《あみちょう》に進んだ。

さらに箱崎橋《はこざきばし》を渡って北新堀町《きたしんぼりちょう》に入った。この先は永代橋だ。深川に行くのかと思っていると、湊橋《みなとばし》を渡って霊岸島に向かった。

やって来たのは、南新堀町一丁目で、同業の紙問屋『大町屋《おおまちや》』の店先に駕籠が止まった。野上屋は駕籠からおり、大戸の脇の潜り戸を入った。

夕陽が沈み、残照もやがて消えた。

栄次郎は店先が見える場所に立っていた。まだ、新八はやって来ない。新八は『並木屋』の主人時左衛門を見張っているのだ。

ここに着いてから半刻経った。新八どころか、他の人間も誰もやって来ない。さらに、半刻経って、『大町屋』から手代ふうの男が出て来た。やがて、空駕籠がやって来た。

野上屋が『大町屋』から出て来て、駕籠に乗った。

無駄骨だったことを、栄次郎は悟った。野上屋は死体遺棄事件とは関係ないようだ。

栄次郎は重い足どりで両国橋の橋番屋までやって来た。

そこに同心の裕太郎と岡っ引きの亀三が待っていた。

「どうであった？」

裕太郎がきく。

「違いました。野上屋は同業の店を訪ね、一刻ほどで引き揚げました」

「そうか」

戸が開いて、新八がやって来た。

「どうでした？」

「出かけませんでした」

「並木屋も違いましたか」

栄次郎は落胆した。

「あとは、船だけだな」

裕太郎は言い、

「そろそろ行くか」

と、みなに声をかけた。

橋番屋から薬研堀にある船宿に行く。ここの船頭の与助《よすけ》が怪しい船を見たのだ。

栄次郎たちは二手に分かれて、二艘の猪牙舟に乗り込んだ。

与助が漕ぐ船に栄次郎と新八が、もう一艘の船に裕太郎と亀三が乗り込み、二艘の船は両国橋をくぐり、新大橋の下に向かった。

栄次郎たちは新大橋の下の橋桁の陰の暗がりに停泊し、裕太郎たちは浜町堀の近くにある中州の陰に船を停泊させた。

五つ半（午後九時）を過ぎ、大川に出ていた屋根船は船宿に引き揚げたのか、たまに深川方面からやって来る猪牙舟以外、船の影は見えなくなった。

「そろそろだと思いますが」

与助が棹を持ったまま言う。

「船が現れたらあとをつけてください」

栄次郎が言う。

「わかりました」

裕太郎たちの船は、死体遺棄船が帰って来るのを待ち、行き先を突き止めることになっている。

夜が更けるにしたがい、川風は冷たくなっていく。雲が流れている。波が出て来て、ときたま船は大きく揺れた。

「現れませんね」

新八が呟く。

「そろそろ四つ（午後十時）ですか」

栄次郎はふと不安を覚えた。さっきの野上屋の尾行も当てが外れた。また、今もその懸念が広がった。

さらに、四半刻が過ぎたが、暗い大川に船の影は見えない。栄次郎は微かな焦りを覚えた。

そして、さらに四半刻経ってから、

「どうやら、現れそうにもありません」

と、栄次郎は気落ちした声を出す。

「これからじゃないんですかえ」

与助が浜町堀のほうを見つめながら言う。

「ええ、もう少し待ちましょう」

新八が応じたが、栄次郎は何かが変わってきたのではないかと考えていた。いや、用心して、日にちを変えたのではないか。

三と七のつく日で、四人が果たし合いの末に命を落としていた。このまま続ければ、いずれ三と七のつく日に何かが起こると気づかれるという恐れは当然抱くであろう。

そうだ。日にちと場所を変えたのかもしれない。

さらに半刻ほど経って、裕太郎と亀三を乗せた船が戻って来た。

「来ませんぜ」

こっちの船に近付き、亀三が言う。

「矢内どの。そなたの考えもまた当たらなかったな」

裕太郎が厭味を言う。

「すみません。相手は日にちと場所を変えたんだと思います」

「言い訳はいい。さあ、引き揚げだ」

裕太郎は不機嫌そうに言う。

重たい気持ちで、薬研堀の船宿に戻った。


翌朝、栄次郎は庭に出て素振りを繰り返した。

柳の小枝が揺れると同時に居合腰から抜刀する。栄次郎は己の心の迷いを斬り捨てるように風を斬る。

野上屋は何かで儲け、吉原で派手に遊び、並木屋は余禄が入ったので先代の遺言に従って吉右衛門師匠に後援のために十両を出した。

ふたりに何があったのか。栄次郎はそこに何らかの企《たくら》みを感じたのだ。

侍たちが果たし合いをしたことは、棄てられた遺体から想像出来る。なぜ、そんな真似をしたのか。

その果たし合いを取り仕切っている人間がいる。そのことに、野上屋と並木屋は関わっているのではないか。

栄次郎は素振りを続けながら、果たし合いを取り仕切っている人間の正体を暴くことを心に誓った。

素振りを終え、朝餉をすましたあとで、栄次郎は兄の部屋に行った。

「栄次郎。ゆうべはどうであった？」

兄には経緯を逐一報告してある。

「だめでした。野上屋も並木屋もこっちの思ったようなことでは動きませんでした。それから、怪しい船も出没しませんでした」

「読みが違っていたのか」

「私は相手が仕組みを変えたように思えてなりません」

「仕組み？」

「果たし合いの時と場所です。これまでは三と七のつく日でしたが、それを別の日に変えたのではないでしょうか」

「別の日か」

「はい。三と七のつく日を繰り返していけば、いつかその決まりに気づかれる。そのことを用心して変えたのではないかと思っています」

「うむ」

兄は頷き、

「果たし合いの件だが」

と、おもむろに言う。

「はい。そなたが言うように、これまでに斬殺死体で見つかった武士はいずれも武芸の心得があっても暮しに困窮している者が多かった。中には大きな借金を抱えている者もいた。おそらく、金で果たし合いに臨《のぞ》んだのであろう」

「はい」

「問題は誰が何のためにやっているかだ。その手掛かりとなるのが、野上屋と並木屋が金を儲けた経緯《いきさつ》だ」

「私は、賭仕合《かけしあい》が行なわれているのではないかと想像しました」

「だが、そのようなことを企めるのはどんな人間か」

「わかりません。ですが、ある程度力のあるお方ではないかと思っています」

兄は黙った。

「兄上。先に起こった一連の斬殺事件。札差美濃屋の話を鵜呑《うの》みにした形で落着してしまいました。それでも、浪人の梶木重四郎を斬った相手はわからずじまい。そのことが、今回の新たな死体遺棄事件とつながっているように思えてなりません」

「…………」

「兄上、なぜ、御目付さまは美濃屋の話を鵜呑みにした形で事件の矛《ほこ》を納めてしまったのでしょうか」

「あるお方の意向が働いたそうだ」

「あるお方？」

「うむ」

また、兄はもったいぶるように言いよどむ。

「ある大身の旗本だ。このお方は武士道の頽廃《たいはい》を嘆いておられたという」

兄は吐き捨てるように続ける。

「宝暦《ほうれき》から天明《てんめい》年間（一七五一年から八九年）以降、事件を起こして処罰された旗本・御家人の数は枚挙《まいきょ》にいとまがない。その事件というのも、自分の屋敷を売春宿として提供していたり、賭場を開いたり、町のごろつきといっしょになって恐喝《きょうかつ》を繰り返していたりと、武士としての矜持《きょうじ》など微塵《みじん》もないものばかり」

兄は憤然とし、

「おおもとは暮しの困窮からであろう。町人たちの中には派手に暮らしている者がいる。札差《あえ》などの豪商の豪勢な暮しは眩《まばゆ》いばかりだ。享楽に走る世の中で、直参たちは貧困に喘いでいるのは事実だ。もはや、将軍御直参の矜持など持ち合わせていない。このような直参の風潮を嘆いていた。そのお方がかねがね、こう言っていたそうだ。

武士道の廃《すた》れを叩き直すためには思い切った措置が必要だと」

「思い切った措置ですか」

「それが何かわからぬ。だが、一連の事件を知り、今の直参に欠けていたのはこのように生死を賭けた心意気だと思った。武士は常に生死の境にある。この事件は武士道とは何かを思い起こさせてくれる。そういう意味では理由はともかく、果たし合いをしたことの意義は大きいと、寛大な措置をすべきだという口添えがあったそうだ」

「どなたでございますか」

「いや。教えてはくれなかった」

「御目付さまは、そのお方の意見に素直に従ったのでしょうか。それとも、逆らうことが出来ない相手だったのでしょうか」

「わからぬ。わしも組頭どのから聞かされただけだ。組頭どのも、どなたのご意向かは聞かされていないようだ」

「そのお方が誰だか知ることは出来ませんか」

栄次郎は膝を進めた。

兄は表情を曇らせ、

「栄次郎。そなたは何を考えているのだ？」

「私はどうしても、最初の一連の事件が今に引き継いでいると思えてなりません。決して、そのお方がなんらかの形で加わっているとは思っていませんが、そこから何かが見えてくるかもしれません」

「……………」

「兄上。なんとか、そのお方の名前を知ることは出来ませぬか」

「栄次郎。無茶を言うな。俺が組頭を通り越して御目付さまに直談判《じかだんぱん》出来ると思うか」

「栄次郎。岩井《いわい》さまにご相談申し上げたらどうだ？」

「そうですね」

「岩井さまですか」

岩井文兵衛《ぶんべえ》は一橋家《ひとつばしけ》二代目治済《はるさだ》の用人《ようにん》をしていた男である。治済は十一代将軍家《いえ》斉《なり》の父親である。栄次郎の父は一橋卿の近習番を務めていた。文兵衛と父はいっしょに働いていたのである。

栄次郎は治済が旅芸人の女に生ませた子であり、矢内の父が自分の子として引き取ったのだ。このことを知っても、栄次郎は自分はあくまでも矢内家の子であろうとした。

　そのことから、文兵衛とは親しくしている。

「今は隠居している岩井さまにお手数を煩《わずら》わせるのは忍びません。それに、そのようなことを調べて、あとで何か迷惑がかかってもいけません。もう少しこっちで調べ、どうしてものときには岩井さまにご相談申し上げます」

「しかし、調べる当てがあるのか」

「はい。札差の美濃屋です」

「美濃屋か」

「この男が鍵を握っていると思います。美濃屋とつながりのある旗本を手繰《たぐ》っていけば、どなたかに行き当たるかもしれません」

「そうだのう」

「兄上」

「なんだ？」

「私がよけいなことを調べていることで、兄上になんらかの圧力がかかって来ることはあり得ませんか」

「そんなこと、気にするな。そんなものに負けるような俺ではない」

　兄は力強く言った。

五

灘屋竹兵衛の用心棒をして四日目だ。

初日こそ、浪人者に襲われたが、一昨日、昨日と何ごともなかった。昨日の夜は永代寺門前仲町にある料理屋に寄合で出かけたが、何ごともなかった。

今夜も出かけるが、どうやら吉原に遊びに行くらしい。もっとも、本人がそう言ったのではなく、行き先からそう判断したのだ。

夕方になって、灘屋は店の前から駕籠に乗った。長吉は脇をついて行く。

駕籠で向かったのは先日行った柳橋の船宿で、そこから船に乗った。神田川から大川に出て、船頭は櫓を使った。

陽が落ちて、川の上は寒い。船はすべるように蔵前の土蔵を見ながら、やがて駒形《こまがた》堂《どう》を見て、吾妻橋をくぐった。

山谷の船宿で船を下りた。

「もうこの先は私ひとりでだいじょうぶ。長吉さんはここで待っていてください。この勘定は心配しなくて結構」

「そうですかえ」

長吉は船宿を出て行く灘屋を見送った。

長吉は船宿の部屋に上がり、酒を呑んで待った。一刻以上は待つだろう。

銚子を持って来た女中に、

「『灘屋』の旦那はよくここに来るんですかえ」

と、長吉はきいた。

「いえ、はじめてです」

「はじめて？」

「灘屋さんは、吉原に行ったのではありませんよ」

「吉原ではないというのですか」

「吉原通いのお客さまとは違うようです」

「そうですか」

てっきり、吉原かと思ったが、いったい、どこに行ったのかと思って、すぐ思いついたのは妾だ。

灘屋の妾宅がこの近くにあるのではないか。

他の部屋で芸者を上げて騒いでいた連中が急に静かになった。部屋を出て行ったようだ。これから、吉原に遊びに行くのか。

長吉は立ち上がって、部屋を出た。

「ちょっと出かけて来ます。また、戻って来ますので」

女中に言い、長吉は船宿を出た。

山谷橋を渡り、今戸《いまど》のほうに向かう。今戸から橋場にかけての大川端は都鳥《みやこどり》の名所だ。妾宅や商家の寮もたくさんある。

このどこかに灘屋の妾宅があるのだろう。途中まで行って引き揚げようとしたとき、はっとして思わず草むらの暗がりに身を隠した。

恰幅のいい男が歩いて来る。四十ぐらいの四角い顔をした男は口入れ屋『吉葉屋』の黒兵衛だ。

今戸橋のほうに向かう黒兵衛をやり過ごしてから、草むらから出た。

黒兵衛がどうしてこんなところにいるのだろうか。それにしても、どこからやって来たのか。

長吉は黒兵衛がやって来たほうに足を向けた。大きな寮がある。塀の内側に大きな松の樹がある。

どこの寮かわからない。長吉は引き返した。

再び、船宿の部屋で灘屋を待った。また、黒兵衛のことを考える。なぜ、黒兵衛がこんなところに来ていたのか。

今から考えて気になるところがある。灘屋と出会った経緯だ。

あの日の朝、長吉は『吉葉屋』を訪れて用心棒の口を世話してもらうように頼んだ。その際、その日に文庫を売り歩く道順を話した。

灘屋が現れたのはほんとうに偶然だろうか。あの因縁をつけてきたごろつきと灘屋はぐるではなかったのか。

ごろつきは神田明神前で、長吉が現れるのを待っていたのではないか。そして、現れたあと、ひとりが須田町まで知らせに走り、灘屋といっしょに戻って来た。

ごろつきは頃合いを見計らって、長吉に因縁をつけた。灘屋は長吉の腕を見極めようとしたのだ。

腕の見極めと言えば……。

障子が開いて、灘屋が顔を出した。

「すまなかった。さあ、引き揚げましょう。もう、勘定はすませました」

「へい」

長吉は再び船に乗り、灘屋とともに柳橋の船宿に戻った。

そこから駕籠を呼び、灘屋は須田町に帰った。長吉は灘屋を送り届けてから、深川に帰ろうと思ったが、町木戸の閉まる四つ（午後十時）を過ぎ、灘屋の好意で泊めてもらうことになり、奉公人の眠る部屋の片隅で休んだ。

翌日の朝、長吉は長屋に帰ることになった。

今夜は外出しないということで、灘屋の護衛は明日の夕方からということになった。

長吉は柳原通りを両国広小路までやって来たが、思いついて柳橋に足を向けた。

灘屋が利用する船宿の前で、店先を掃除している女中がいた。

「もし」

声をかけると、女中が振り返った。

「あら、おまえさんは……」

昨日、顔を会わせたばかりだ。

「へい、灘屋さんのお供の者です」

「忘れ物？」

「いえ。ちょっとお訊《たず》ねします。五日前、灘屋の旦那がこちらで浪人さんと会っていましたよね」

鎌をかけた。

「ええ、いやらしい浪人ね」

「ええ。あの夜、灘屋さんが引き揚げたあと、すぐ帰りましたかえ」

「そうだったわ。確か、部屋はいっしょに出て、外には灘屋さんが一足先に」

「そうでした。そのことだけ確かめたくて。どうも、お騒がせしました」

何か言いたそうにしている女中に礼を言い、長吉は船宿から離れた。

やはり、そうだった。あのときの浪人は灘屋を襲ったのではなく、長吉を襲ったのだ。剣の腕をためすためだ。

それにしても、どうしてそんなに腕をためすのか。腕を確かめたのは、長吉に何かをさせようとしているからだ。

胸がざわついた。

灘屋は口入れ屋の黒兵衛から長吉のことを知って近付いてきたのではないか。梶木重四郎は黒兵衛の世話で『美濃屋』の用心棒になっている。自分もまた、重四郎のあとを辿っている。そんな感じがした。

そう思うと、ためらうことなく、足は今戸に向かった。

蔵前から駒形を通り、吾妻橋の袂を経て花川戸から今戸にやって来た。

そして、昨夜見つけた大きな寮の前にやって来た。門は閉ざされている。近くの妾宅らしい瀟洒《しょうしゃ》な家から商人らしい男が出て来た。

「もし、恐れ入ります」

長吉は声をかける。

「はい」

小間物屋らしい。

「こちらはどこの寮かわかりますかえ」

「ここですか。確か、『並木屋』です。日本橋本町三丁目にある木綿問屋ですよ」

「『並木屋』……」

「失礼します」

小間物屋らしい男は去って行く。

灘屋はこの寮に行ったのだろうか。黒兵衛はここからの帰りだったに違いないように思える。

昨夜、ここで何か行なわれたのだろうか。

もし、ここで何かが行なわれたのなら、何人かが集まったはずだ。酒や料理はどうしたのか。近くの仕出屋から届けさせたのではないか。

長吉は町中を歩いた。仕出屋がすぐ見つかった。すでに仕込みの最中だ。

主人らしい男に声をかける。

「恐れ入ります。昨夜、ありがとうございました。私はそこの」

「『並木屋』さんかね」

「そうです。みなさん、喜んでいました」

「ほんとうか。なにしろ、口が奢《おご》ったひとばかりが十人以上って言うんだから、こっちも緊張したぜ」

「また、頼むと言ってました」

「そうかえ」

「じゃあ」

長吉は逃げるように、その場を離れた。

再び、『並木屋』の寮の前に戻った。相変わらず、ひっそりとしている。寮番に話をきいてみたいと思ったが、どんなことから灘屋の耳に入るかもしれないので思い止《とど》まった。

橋場の渡しから船が対岸の寺島村《てらしまむら》に向かっていた。

その日、対岸の寺島村に、栄次郎は来ていた。

すでに来ていた末松裕太郎が、

「斬られていたのは浪人だ」

と、教えた。

「いいですか」

栄次郎は断って亡骸の前に行った。

手を合わせてから傷を見る。頭頂部から顔、腹にかけて深い傷がまっすぐに入っている。ほぼ即死だ。

「凄い腕です」

栄次郎は感嘆した。

「昨夜、遺棄されたのでしょうね」

酷《むご》い死体に、亀三は顔をしかめてきく。

「そうだ。今朝も一番船に乗るためにやって来た百姓が死体を見つけた」

「一連の死体遺棄の流れにあると考えていいようです」

「先の一連の斬殺事件にもひとり浪人がいたな」

「はい。梶木重四郎ですね」

「これでふたり目か、浪人は」

裕太郎は死体を見ながら、

「袴もよれよれで、不精髭をはやしている。暮しに困っていたようだ」

「金のために果たし合いに加わったのでしょう」

栄次郎は哀れむように言う。

「やっぱり、日にちを変えたようですね。際どいところで、変えられてしまいました。あと一歩のところで逃げられた感じです」

亀三が忌ま忌ましそうに顔をしかめた。

「いったい、何人が死ねばいいんだ」

裕太郎が吐き捨てる。

「矢内さん。まだ、続くとみますかえ」

亀三が不安そうにきく。

「続くでしょう。ただ、気になることが……」

「なんですね」

「武士が殺された場合、屋敷に戻らなければ、家人や奉公人が騒ぎ、やがて、死体の身許はわかるでしょう。しかし、浪人の場合はどうでしょうか」

「どうだと言いますと?」

亀三は厳しい顔できく。

「独り暮らしでは何日もいなくても周囲は気づかないでしょう」

「矢内どの。何が言いたいのだ?」

裕太郎がいらだったような声を出す。

「相手は日にちを変えたのは間違いありません。だから、十七日には何もなかった」

「十七日にやるべきことを一日ずらしてやったってことではないんですかえ」

「そうかもしれませんが」

「なにか?」

裕太郎が不安そうにきく。

「その前が十三日です。ふつうなら次は十七日。しかし、日にちを変えたなら、前倒しすることも考えられませんか」

「まさか」

裕太郎の顔色が変わった。栄次郎が何を言いたいのかに気づいたようだった。亀三はまだぽかんとしている。

「十七日に行なう果たし合いを十五か十六日にやったということも考えられません

か」

「でも、変ですぜ。死体は発見されていませんぜ」

亀三が口をはさむ。

「見つけられていないのかもしれません」

「そんなばかなことがあるか」

裕太郎が吐き捨てる。

「どこかにまだ見つかっていない死体が転がっていると言うのか」

「そうです」

「それなら、どこかの屋敷で大騒ぎになっているはずだ。当主かどうかわからぬが、屋敷に帰って来ないのだ」

「死んでいるのは浪人です」

「浪人……。そうだとしたら、どこだ？」

「この近くです」

「…………」

裕太郎は口をあんぐりさせて、

「矢内どの。そなた、自分で何を言っているのか気づいているのか」

「死体遺棄の連中は死体を隠すつもりはありません。どこで果たし合いがあったのかを知られたくないだけです。一度棄てた場所でも、まだ見つかっていないのなら、再びそこに棄てても問題はないのではありませんか。死体遺棄の場所を探す手間も省けます」

「この近くにまだ死体があるって言うんですね」

亀三が苦い顔をして言う。

「念のために探してみませんか」

「よし。おい」

裕太郎は小者を呼び、亀三たちといっしょに周辺の草むらを探し回った。

死体が見つかるまで、それほど時間がかからなかった。亀三の手下が隅田川《すみだがわ》神社のほうに少し行ったところで、

「親分」

と、叫んだ。

亀三が駆けつける。裕太郎も栄次郎も草を踏んで行った。

頬骨の突き出た顔をした浪人が死んでいた。頬の下から喉にかけて深い傷。さらに、右二《に》の腕《うで》にも深い傷があった。

「死後、三、四日でしょう。向こうで死んでいた浪人がこの浪人を斬ったあと、今度は新たな剣客に斬られたのでしょう」

栄次郎は想像を巡らせた。

「いったい、どうなっているのだ？」

「やはり、何者かが果たし合いを仕掛けているのです」

「なんのためだ？」

裕太郎が怒ったように言う。

「おそらく、金が動いているのではないでしょうか」

栄次郎は野上屋や並木屋が余分な金を得たことを重大に考えていた。

「金持ちの道楽かもしれません。いろいろな遊びに飽いた連中が刺激的な遊びを思いついたのではないでしょうか」

「なんということだ」

裕太郎は憤然と言い、

「しかし、なぜ、浪人が加わってきたのだ？」

「最初は直参を中心に闘わせたのでしょうが、直参から果たし合いに挑む者がなくなったのかもしれません。それで、暮しに困っている浪人に呼びかけたのではないでしょうか」

「食いっぱぐれ浪人を果たし合いに狩り出すようになったのかもしれません」

「果たし合いを賭の道具にしているってわけか。ふざけやがって」

裕太郎は肥った体を震わせた。

「でも、いったい、浪人には誰が声をかけるんですかえ」

亀三がきく。

「浪人のほうから接触して来るのは口入れ屋です。仕事を求めに来た浪人を、賭仕合を取り仕切っている人間に世話をしているのではありませんか」

「『吉葉屋』か」

裕太郎が二重顎に手をやる。

「『吉葉屋』以外にもいるでしょう。口入れ屋も儲けがあればいいわけですから」

「黒兵衛を締め上げて、白状させるか」

「おいそれと白状はしますまい。今後の商売にも関わります。逃れられぬ証を突き付けねば……」

だが、その証を見つけることは難しい。殺された者も自ら賭仕合に加わっているのだ。そして、ここで行なわれているのは殺しではない。両者が合意の上での果たし合いだ。

ただ、それを賭にして楽しみ、敗者の亡骸をゴミ屑のように遺棄する。そんな者たちを許すわけにはいかないのだ。

仲秋の風が亡骸を囲んでいる栄次郎たちの間を吹き抜けていった。

第四章　挑戦者

一

栄次郎は、森田町の札差『大和屋』の客間で、大和屋と差し向かいになっていた。

「並木屋さんが、吉右衛門師匠の会のためにと十両を出してくださったそうです」

栄次郎が言うと、大和屋は苦笑しながら、

「聞きましたよ。よく、あの男が出したものだと驚きました。やはり、遺言を無視することに負い目があったのでしょうな」

「そうだと思います。そんなときに、余禄があったのです」

「そうらしいな。しかし、よほどたくさん金が入ったのだろうな。いったい、何をして、余禄を手にしたのか」

果たし合いの賭に勝った金ではないかというのは、栄次郎の勝手な想像なので、そのことをはっきり言えなかった。

「そのことですが、大和屋さんは何か噂を耳にしていませんか」

「噂とは？」

「たとえば、並木屋さんが加わっている講《こう》のようなものは？」

無尽《むじん》講とか頼母子《たのもし》講など、お金を融通《ゆうずう》するための集まりがある。その講で、果たし合いが行なわれるようなったのか、それとも新たに講を作ったか。

「さあ。私は今の並木屋さんとはつきあいもありませんからな。亡くなった大旦那がよくこぼしていたのを聞いてはいましたがね」

大和屋は蔑むように笑った。

「そうですか。美濃屋さんがどの講に入っているかもわかりませんか」

「知りません。ああ、そういえば、今の並木屋さんと美濃屋が親しいということは大旦那から聞いたことがある」

「そうですか。ところで、美濃屋さんの取り引き相手に有力な旗本はいらっしゃいますか」

「有力な旗本の札旦那といえば、書院番の大友文平《おおともぶんぺい》どのであろう」

「大友文平さま？」

「いずれ、使番《つかいばん》か目付になるだろうと噂されている」

「なるほど。大友文平さまですか」

書院番を務めてから幕府の要職につくと言われている。今の目付も、書院番を経ていたとしたら……。

「その後、美濃屋さんについて何か噂をお聞きになったことはありませんか」

「特にありません。例の直参同士の果たし合いのことを調べておられるのですな」

「美濃屋さんがどうのこうのではありません。ただ、札旦那同士がいざこざを起こしたことで……。いえ、これはよけいなことでした。何かありましたら、お知らせください」

栄次郎は話を切り上げた。

『大和屋』を出て、森田町から御蔵前片町に足を向ける。『美濃屋』の前に差しかかったとき、ちょうど駕籠が店先に着いた。

やがて、美濃屋が番頭に見送られて出て来た。駕籠に乗ろうとして、栄次郎に気づき、顔を向けた。

一瞬、冷笑を浮かべ、すぐに駕籠に乗り込んだ。勝ち誇ったような傲岸《ごうがん》さが窺《うかが》えた。

手出しは出来ないと高《たか》をくくっているようにも思えた。

栄次郎は駕籠を見送り、元鳥越町の吉右衛門師匠の家に向かった。

師匠に稽古をつけてもらったあと、栄次郎は日本橋本町三丁目にある木綿問屋『並木屋』に行った。

土間に入ると、顔なじみの番頭がいたので、栄次郎は声をかけた。

「ご無沙汰《ぶさた》しております」

「矢内さま」

亡くなった大旦那は吉右衛門の後援をしていたので、この番頭とも何度か顔を合わせたことがある。

「大旦那がいらっしゃらなくなってとんと縁がなくなりました」

「そうですね。私も師匠の芸を楽しみにしていたほうですが、今はそんな余裕はありません」

番頭は自嘲気味に言う。

「番頭さん。ちょっとお伺いしたいんですが、今の旦那は何か講に入られていますか」

栄次郎は声をひそめてきく。

「どういうものかわかりませんが、ときたま講があるからと出かけています」

「ちなみに、今月の三日、七日、十三日は出かけたかどうかわかりませんか」

「旦那さまは夜は外出することが多いので、たぶん出かけているはずです。もちろん、その日以外も出かけています」

「そうですか。わかりました」

『並木屋』を出てから、日本橋本石町にある紙問屋『野上屋』に向かう。指呼《しこ》の間《かん》だ。

『野上屋』の店先に荷を積んだ大八車が着いて、奉公人たちが荷を運びはじめた。

栄次郎は手透《てす》きになっている番頭らしき男に近付き、

「ちょっとお訊ねします」

と、声をかけた。

「いらっしゃいませ」

「いえ、客ではないんです」

栄次郎はあわてて否定して、

「『並木屋』の旦那は今、いらっしゃっていますか。お店で、こちらに行ったと聞きましたので」

栄次郎は鎌をかける。

「いえ、お見えではありません」

「そうですか。今度の講には、野上屋さんもお出でになるかわかりますか」

「いつも出かけていますから行くはずです」

「そうですか。わかりました。そうそう、野上屋さんは、講で大儲けしたそうですね」

「噂になっているみたいですね。なんでも、座興《ざきょう》があったそうです」

「なるほど。それで、思わぬお金が入ったのですね」

「どういう座興かわかりませんが、かなり喜んでいました」

「今度の講がひらかれる日にちと場所はわかりませんか」

「いえ」

そこに手代ふうの男が番頭を呼びに来たので、栄次郎は礼を言って引き揚げた。

大通りに出て、明神下にある新八の住む長屋に向かった。通りは行き交う通行人が多い。供を連れた武士や商人、僧侶から大道芸人まで、いろいろな人間が歩いている。

棒手振りの男を見て、深川に住む長吉を思い出した。苦界に身を落とした妻女に梶木重四郎の死を告げるかどうかを悩んでいたが、その後、どうしただろうか。

須田町に差しかかった。大店の酒問屋『灘屋』の前を過ぎるとき、ふと『灘屋』に入って行った男が長吉に似ているような気がした。

もっとも横顔を一瞬見ただけなので、はっきりしない。まさか、長吉であるはずはない。この時間、文庫売りの行商をしているはずだ。

八辻ヶ原から筋違橋を渡る頃には、もう長吉のことは頭から離れていた。

明神下の長屋に行く。腰高障子を開けると、新八がふとんから起き上がった。

「寝ていたのですか」

栄次郎は驚いてきく。

「へい。明け方に戻って来たので、今までぐっすり」

「じゃあ、起こしてしまいましたか」

「いえ、もう目は覚めていたんです」

「昨夜、何か」

「じつは、ここ数日、毎晩、並木屋と野上屋を交互に見張っていたんです」

「そうですか」

栄次郎は驚いてききかえす。

「ええ。じつは昨日の夜、並木屋が南新堀町一丁目の紙問屋『大町屋』を訪れました」

「十七日の夜、野上屋が訪れたところですね」

「そうです。それで、昨日の夜中、『大町屋』に忍び込みました。驚きました。かなり広い敷地で、店とつながっている母屋とは別に、酒宴が開ける大広間がある離れがあるんです」

新八は目を瞠《みは》りながら、

「その大広間から泉水に築山《つきやま》のある庭が見えます。じつは、その庭に闘った形跡がないか、這いつくばって探しているうちに夜が明けてきて、あわてて引き揚げて来たってわけです。栄次郎さん」

新八はにやりと笑い、

「黒ずんだ砂利を見つけました。もう何日も経ってすっかり乾いていましたが、血です」

「血？」

「雑草にも黒ずんだ汚れが残っていましたから、間違いないと思います。おそらく掃除で落としきれなかったのだと思います」

「では、あそこで果たし合いがあったのですね」

「そうだと思います。少なくとも、十三日までは、あそこから死体は各所に運ばれたのだと思います」

「それ以降、日にちと場所を変えたのですね」

「そうでしょう。もっとも、それだけでは、あそこで斬り合いがあったとは明らかに出来ないでしょうが」

「いえ、おかげでだいぶ見えてきました。場所を変えたとはいえ、同じ仲間の屋敷でしょう。町中では難しいでしょうから、どこかの寮でしょう」

そのとき、栄次郎ははっとした。

「そういえば、『並木屋』の寮が今戸にありました。一度、亡くなられた大旦那に招かれて、今戸の寮で三味線を披露したことがあります」

「行ってみましょう」

新八は気負ったように勢いよく立ち上がった。

半刻あまりあと、栄次郎と新八は今戸の『並木屋』の寮の前に立った。

かなり広い敷地だ。果たし合いをするに十分な場所はあるだろう。だが、夜遅く、ここでの気合や叫びは近所に聞こえるのではないか。

亀三に聞き込みをかけてもらえれば何かわかるだろう。

栄次郎は大川を見た。対岸が寺島村だ。橋場の渡しが通っている。対岸の渡し場の近くで、浪人ふたりの死体が見つかったが、ここから運ばれた公算が強い。

「念のため、今夜ここに忍んでみます」

「お願い出来ますか」

「もちろんです」

栄次郎と新八はいったん浅草黒船町のお秋の家に行った。

「栄次郎さんはだいたい事件の全貌が見えてきたみたいですね」

「ええ。ひとつのおおまかな筋書きが見えてきました。もちろん、詳しいことはわかりませんが」

そう前置きして、栄次郎は自分の考えを語った。

「ある大身の旗本がこんなことを話していたそうです。ひと言《こと》でいえば、武士道の頽廃の嘆きです。すでに数十年前から、その兆候はありました。直参が自分の屋敷を売春宿として提供していたり、賭場を開いたり、町のごろつきといっしょになって恐喝を繰り返していたりと、武士としての矜持など微塵もない事件を引き起こしている。もはや、将軍御直参の矜持など持ち合わせていない。このような直参の風潮を嘆いていたそうです。武士道の廃《すた》れを叩き直すためには思い切った措置が必要だと……」

「それで、果たし合いを？」

「そうです。腕に覚えのある武士に声をかけ、闘わせたのです。勝った者にはそれなりの報奨を上げることになっていたのでしょう。その手先と動いたのが札差の美濃屋だと思っています。美濃屋は自分の札旦那である御徒衆の安田弘蔵と小普請組の島崎弥二郎に霊巌寺裏で果たし合いをさせた。

おそらく、ふたりきりでの闘いだったのでしょう。勝った島崎弥二郎は勝者の証として相手の印籠を盗んだ。後日、その印籠を黒幕に見せて、報奨を受け取ったのかもしれません。ただ、南飯田町に住む広敷添番の沖中三四郎は美濃屋の札旦那ではないので、別の人間から声をかけられたのでしょう。沖中三四郎は島崎弥二郎に勝った。そのあとで、美濃屋が梶木重四郎をぶつけた……」

栄次郎は一拍の間を置き、

「なぜ、美濃屋が梶木重四郎をぶつけたのか。直参の相手が見つからなかったからかもしれません。おそらく、そのあとに登場した侍は、梶木重四郎を斬ったものの自分も傷を受けたのに違いありません」

「そこまでが一幕ですね」

「そうです。一幕はあくまでも武士道を鍛え直す狙いがあった。でも、ひそかに、美濃屋は仲間に呼びかけ、賭の対象にしていたのかもしれません。金があってさんざん道楽をしつくした連中は刺激を求めていた。だから、すぐその話に飛び乗ったのです」

「それで第二幕は観客の前での果たし合いとなった？」

「そうです。その場所が川に近い南新堀町の『大町屋』だったのでしょう。そして、用心のために、今は場所を変えた。『並木屋』の寮です」

「『並木屋』に忍び込んで、果たし合いの痕跡を探し出してみます。もし、そうなら、ずっと寮を見張っていれば、果たし合いの現場に踏み込めますね」

「そうです」

廊下に足音がして、

「失礼します」

と、お秋が障子を開けて入って来た。

「明かりをつけますね」

いつの間にか、部屋の中が暗くなっていた。

「ずいぶん、深刻そうにお話をしていたのですね」

行灯に火をいれながら、お秋が言う。

「へえ、ちょっと」

新八が苦笑する。

「お秋さん。今夜は崎田さまは？」

「来られなくなったそうです」

「よかった。あっ、すみません」

新八が本音を言う。

「いいんですよ。新八さんは旦那が苦手なんですものね」

「へえ」

「じゃあ、今夜は新八さんも夕餉を召し上がっていきますね」

「いいんですかえ」

「もちろんですよ」

「お秋さん、すみません」

「じゃあ、支度が出来たら呼びに来ますから」

お秋が出て行ってから、

「栄次郎さん。もしかしたら、きょうが賭の日かもしれませんね。そうだったら、どうしますか」

「私だけでも踏み込みます」

「もちろん、私もごいっしょします」

「ありがとう、新八さん」

それからしばらくして、お秋が夕餉の支度が出来たと呼びに来た。

新八とともに階下に行き、部屋に入る。酒の支度が出来ていたが、

「あっしはこれからやることがあるので」

と、新八は猪口《ちょこ》を伏せた。

「私も新八さんが戻って来てからいただきます」

「新八さん。どちらかへお出掛け？」

お秋が不思議そうにきく。

「ええ、ちょっと近くまで。すぐ終わると思いますので」

「そう」

軽く飯を食ってから、新八は居住まいを正した。

「じゃあ、行って来ます」

「お願いします」

新八は出かけて行った。

「お酒、少しならいいでしょう」

お秋が銚子を持って勧める。

「いえ。新八さんは私のために出かけてくれたのですから」

「そうなの」

お秋は少しがっかりしたように言う。

「お秋さん、こっちに構わず呑んでください」

栄次郎は銚子をとった。

「そう」

お秋はうれしそうに猪口を差し出した。

半刻後、新八が帰って来た。表情から、今夜の集まりはないことがわかった。新八は腰を下ろすなり、

「思ったとおりでした。土にいくつもの足跡が残っていました。踏ん張ったように土が抉《えぐ》れていたり、雑草は踏みつけられて千切れていたり……。間違いありません」

「ご苦労さまでした」

栄次郎は新八の猪口に酒を注ぎ、ふたりで呑みだし、途中からお秋もいっしょにな

った。新八と今後のことを話し合いたかったが、お秋の相手をするしかなかった。

二

翌朝、栄次郎は朝早く、本郷の屋敷を出て、深川に行った。

末松裕太郎と亀三に、これまでにわかったことを話し、『並木屋』の寮に見張りをつけてもらうためだ。

亀三の居場所は佐賀町の自身番に行けばわかると聞いていたので、そこに顔を出すと、詰めていた家主が、

「亀三親分は仙台堀の上ノ橋の下で死体が見つかったっていうんで、今そこに行っているはずです」

「死体？」

「お侍さんだそうです」

「失礼します」

栄次郎は耳を疑いながら油堀川を越え、仙台堀の上ノ橋に向かった。ひとだかりが見えてきた。

栄次郎は野次馬をかき分け、川っぷちに出た。

亀三と裕太郎が立っていて、その足元に武士が横たわっていた。

「親分」

栄次郎は声をかけた。

「矢内さん。早かったじゃねえですか」

「親分に聞いてもらいたいことがあってやって来たら、ここだと言うので。見せてもらっていいですか」

「どうぞ」

栄次郎は死体の前にしゃがんだ。

「これは……」

栄次郎は絶句した。

頭頂部から顔、腹にかけて深い傷がまっすぐに入っている。

「寺島村の浪人と同じ傷だ」

裕太郎がいらついたように言う。

栄次郎は愕然とした。死んだのは昨夜だ。『並木屋』の寮が果たし合いの場所かと思っていたが、またも変えたのか。

「まるで、俺たちを愚弄《ぐろう》しているようだ」

「いってえ何人死ねばいいんですかねえ」

「寺島村で見つかった浪人の身許はわかったのですか」

「わかった。ひとりは神田佐久間町《さくまちよう》に住んでいた。剣術道場荒らしなどをしてきた荒くれ浪人だ。もうひとりは本所に住んでいて賭場で用心棒をしていた浪人だ」

「ふたりがなぜ、果たし合いに加わったかは？」

「いや。周囲には何も話していない。口止めされていたようだ」

「ただ、金儲けの話があると、賭場の仲間に話してました」

「果たし合いで勝てば大金が入って来ることになっていたんでしょうね」

栄次郎は金のために命を賭けて闘ったのだろうと思うと不憫《ふびん》になったが、もともと闘う本能を持ち合わせていた人間だったのかもしれない。

そうなら、自分より遥かに腕の立つ相手と剣を交えて敗《やぶ》れたとしても悔いはないかもしれない。

「それにしても、ずいぶん頻繁《ひんぱん》だ。わずかな期間で浪人が三人も死んだ」

「果たし合いに加わろうとする浪人が何人もいるからかもしれません。武士の中から闘いに臨《のぞ》む者がいなくなって、浪人にまで輪を広げたのかもしれません」

「すると、また近々、浪人の死体が見つかるということに……」

亀三がうんざりして言う。

「おそらく、そうなるでしょう」

「不謹慎だが……」

裕太郎は言いさした。

「旦那、なんですね」

「いや、いい」

「気になるじゃありませんか」

亀三はきく。

「いくら浪人であっても、同じ人間です」

栄次郎は裕太郎の思いを察して言い返す。

「そのとおりだ。だが、奉行所のほうでは町の人間が殺されたような真剣さはない。そんなものだ」

「ひとの命に金を賭けるなんて許しがたいことです」

「そのとおりだ。だが、これだけの死体が見つかっているのに、奉行所のほうはのんびり構えている。この件は、われわれだけで解決しなければならないということだ」

「…………」

裕太郎の言うとおりかもしれない。なんとなく奉行所の動きが悪いように感じていた。もっと探索にひとを繰り出してもいいように思っていた。武士同士の果たし合いであり、その後の死体も浪人。

だから、それほど奉行所は必死にならないのか。今度、崎田孫兵衛に会ったら文句を言ってやりたいと思った。

「矢内さん。次はどこか、予測はつきませんか」

亀三がすがるようにきいた。

「相手は、常に我らの一歩先を行っています。よほどの軍略に長《た》けた人間がいるのです」

「軍略に長けた人間って？」

札差の美濃屋、あるいは並木屋などの商人に考えられることではない。やはり、武士の黒幕がいるのだ。

「とんでもない大物の黒幕がいるのかもしれません」

「誰だ、それは？」

「まだ、はっきりは言えません。ですが、そもそものはじまりは武士道の頽廃を嘆いたある人物の言葉からはじまっていると思われます」

「そんな大物の黒幕には奉行所は手が出せぬではないか」

裕太郎は嘆くように言い、

「我らに出来ることと言ったら並木屋、野上屋を徹底的に見張るだけか」

「そうです。少なくとも、並木屋、野上屋、大町屋の三人は賭仕合の仲間に間違いはありません。この三人に毎日見張りをつけ、どこに行くかを確かめるのです。そこが果たし合いが行なわれる場所です」

「ともかく、上役に頼んで、ひとを出してもらう」

裕太郎は深く息を吸い込んで強い声で言った。

「お願いします」

へたに並木屋、野上屋に乗り込めば、こっちの手の内を晒すことになり、それ以上に警戒されるだけだ。

今は、果たし合いの現場を見つけることが重要だと栄次郎は思った。

ようやく、検死与力がやって来た。

ふつか後の夜、栄次郎はお秋の家で、崎田孫兵衛に会った。

酒を呑みはじめた孫兵衛に、

「ちょっとお訊ねしてよろしいでしょうか」

と、切り出した。

「なんだ？」

面倒くさそうに、孫兵衛は顔を向けた。

「最近の浪人の死体が何人も見つかっている件ですが、奉行所の探索が鈍いように思えるのですが」

「異なことを？」

孫兵衛が顔をしかめた。

「探索が鈍いとはどういうことだ？」

「あまり熱心ではないように見受けられます。まさか、殺されたのが浪人だからだということはないと思いますが」

「当たり前だ」

「では、なぜ、ひとをもっと投入して事件の解決を図ろうとしないのですか」

裕太郎が上役に探索のためにひとを出してもらいたいと頼んだが、断られたという。

「浪人たちの果たし合いだ。定町廻《じょうまちまわ》り同心が動いているだけで十分だ」

「果たし合いを賭にしている連中がいるのです」

「ばかばかしい。どこに、その証があるというのだ?」

「それは……」

はっきりした証はない。直参同士の果たし合いのことを話そうとしたが、孫兵衛は聞く耳をもっていないと思って諦めた。

「栄次郎さん」

お秋が耳元で、

「新八さんがお見えです」

「わかりました。失礼いたします」

孫兵衛に挨拶をして、栄次郎は立ち上がった。

土間に、新八が待っていた。

「並木屋が出かけました。あとをつけたのですが、日本橋川から船に乗られてしまいました。陸伝いに船を追いましたが、大川に出て深川に向かったようです。残念ながら、それ以上は追いかけることは出来ませんでした」

「仕方ありません。野上屋、大町屋も同じように船で深川に向かったのでしょう。亀三親分たちも地団太《じだんだ》を踏んでいることでしょう」

「で、船の帰りを待って、どこで下ろしたかをききました。そしたら、小名木川《おなぎがわ》の新高橋《しんたかばし》の先で下ろしたってことです」

「新高橋ですか。行ってみましょう」

まだ五つ（午後八時）には間《ま》がある。栄次郎はお秋の家を辞去し、蔵前の通りを急いだ。浅草御門から両国橋に向かい、お秋の家を出てから半刻後には高橋に辿り着いた。

そこに、裕太郎と亀三がやって来た。

「矢内さん」

亀三が驚いて言う。

「並木屋が船でここまで来たというので」

栄次郎は答える。

「我らもだ。野上屋がここまで船に乗って来た」

裕太郎は言い、

「この辺りに、誰かの寮があるかもしれぬ。自身番に寄ってきいてみよう」

だが、栄次郎は首を傾げた。ふたりとも、同じ場所に着いたことが気に入らない。

「栄次郎さん。どうかしましたか」

新八が不審そうにきく。

栄次郎は武家屋敷を見ながら、

「ここではないかもしれません」

と、呟く。

「ここではない？」

「ここから別の場所に移動したんじゃないでしょうか。あのふたりが直《じか》に目的地に向かうとは思えません」

「…………」

「常に尾行に備えています。黒幕の指示です」

亀三が戻って来た。

「入船町《いりふねちょう》か、あるいは猿江町《さるえまち》のほうに幾つか商家の寮があるそうです」

「私はこの近辺ではないように思えるのですが」

栄次郎は慎重に続ける。

「もし、商家の寮に行くなら目的地の近くで船を下りるでしょう」

「行き先を隠すためだ」

裕太郎が異を唱える。

「それでも、この周辺だということはわかってしまいます」

「では、どこだというのだ？」

「わかりません。ただ、深川が隠れ蓑《みの》なら本所では？」

「本所？」

「ええ。それだけ用心しているのは商家の寮ではありません。武家屋敷です。黒幕の下屋敷ではないかと」

「黒幕の下屋敷？　黒幕を誰だと思っているのだ？」

「まだ、はっきりしません。ただ、もし、そのお方の下屋敷が本所にあるとしたら、そこに並木屋や野上屋は集まっているように思えます」

「そろそろ、五つ半（午後九時）になる。目的地に着いて、一刻になる。帰りはここを通らないと思うのだな？」

「おそらく」

「矢内どの。その黒幕の名を言え。そして、下屋敷を探すんだ」

　裕太郎が迫る。

「しかし、もし、私の考え違いだとしたら」

「そうであってもいい。我らしか知らないことだ。影響はない。それより、今は千載一週の機会だ」

「わかりました。末松どのの仰るとおりです」

栄次郎は心に決めた。

「書院番頭《しょいんばんがしら》の岩淵平左衛門《いわぶちへいざえもん》さま」

「なに、書院番頭だと」

戦時には小姓組とともに将軍を守る親衛隊だが、平時は本丸の主要な門を固めている。岩淵平左衛門は三千石の旗本で、常日頃から直参の武士道の廃れを嘆いていた。

「よし、岩淵さまの下屋敷が本所・深川にあるか調べる。亀三」

「へい」

「木場の材木商なら場所を知っているかもしれぬ。ひとっ走り行って来てくれ」

「わかりやした」

亀三は木場に向かって駆けた。

「今夜、そこで果たし合いが行なわれていると思うか」

「思います」

「よし」

裕太郎はなんだかんだと言いながら、栄次郎の意見によく耳を傾けてくれる。

それほど待つ間もなく、亀三が帰って来た。

「わかりました。本所亀戸《かめいど》です」

「行こう」

裕太郎の掛け声で、一同は本所亀戸に向かった。


岩淵平左衛門の下屋敷の裏手は畑が広がっている。裏口に亀三と手下を見張らせ、栄次郎と裕太郎は表にまわった。

「新八さん。忍び込めますか」

「ええ。行って来ます」

新八は再び屋敷の裏手にまわった。

しばらくして空駕籠が三丁やって来た。そのあとも新たに駕籠が二丁。やがて、脇門が開いた。

商家の旦那ふうの男が数人出て来た。みな、なぜか深刻そうな顔をして、順番に駕籠に乗り込んだ。

やがて、並木屋と野上屋がいっしょに出て来た。ふたりとも沈んだ顔をしている。

斜め前の屋敷の陰からふたりを見ながら、

「どうするか」

と、裕太郎がきいた。

「出ましょう」

「よし」

栄次郎と裕太郎は暗がりから出た。

駕籠に乗ろうとした並木屋がこっちを見ていた。

「並木屋さん。妙なところでお会いしました」

「確か、吉右衛門師匠のところの？」

「はい。矢内栄次郎です」

「こちらは八丁堀の旦那ですね。なぜ、このような場所に？」

横にいる同心に冷たい目をくれて、並木屋はきく。

「じつは並木屋さんと野上屋さんのあとをつけさせていただきました」

「…………」

「新高橋の袂で船を下りたのはどうしてですか」

「時間が早すぎましたので、歩こうと思いまして」

「野上屋さんも、新高橋の袂で船を下りましたね。やはり、時間が早すぎたからですか」

　裕太郎がきく。

「そうです」

　野上屋はいらだったように言い、

「急ぐので」

　と、駕籠に乗り込もうとした。

「果たし合いは無事に済んだのですか」

　栄次郎は直截《ちょくせつ》にきいた。

「はて、なんのことでしょうか」

「みなさま方が賭をされている果たし合いです」

「何か勘違いなさっているようですな」

　並木屋は蔑むように目を細め、

「今夜は、岩淵さまからお招きを受けて集まったのでございます。岩淵さまはときたま下々《しもじも》の様子を知りたいということでお招きがあります」

「それは妙ですね。下々とは縁のない大店の旦那衆が集まっておりますが」

「我らは下々のことをよく知っておりますので」

新八がやって来た。

「庭の土に新しい血痕がありました。果たし合いの痕跡かと思われます」

「並木屋さん。ここで何が行なわれていたのですか」

「なにも」

「今戸の寮、霊岸島の『大町屋』さんの屋敷……」

「なんのことかわからぬ。失礼する」

並木屋は強引に駕籠に乗り込んだ。野上屋を乗せた駕籠ともども出発した。

亀三がやって来た。

「裏から長持《ながもち》を持ったふたりが出て来て、横川《よこかわ》に泊めてあった船に乗せ、深川のほうに向かいました」

手下があとをつけている。

「行ってみましょう」

川沿いを駆けていくと、前方に亀三の手下が走って来るのに出会った。

「新高橋の脇に死体を棄てて、船はそのまま小名木川を大川方面に向かいました」

「棄てたか」

亀三は再び走り出す。

死体は橋の下の草むらに倒れていた。亀三が近くの自身番から借りて来た提灯を照らす。淡い明かりの下に、四十がらみの侍が頭から顔面を斬られて死んでいた。寺島村、仙台堀と続けて発見された死体と同じ傷だ。

「一刀の下《もと》に斬られている。ほとんど手出しが出来なかったようですね」

栄次郎は傷口を見て、改めて斬った相手の凄腕に感嘆した。

「おや」

裕太郎が目を剝いた。

「この男は……。亀三、よく見てみろ。本所亀沢町《かめざわちょう》の剣術道場の……」

「あっ、師範代《しはんだい》」

亀三が悲鳴のような声を上げた。

「ご存じなのですか」

「江戸で一、二と言われる剣術道場の師範代だ。まさか、その師範代がこのような無残な姿に……」

裕太郎が信じられないように亡骸を見下ろしていた。

栄次郎は下屋敷から出て来た並木屋や野上屋、そして他の旦那衆も一様に深刻そうな表情だったことを思い出した。

ふと、何かとんでもない化け物が世に飛び出したような不安が押し寄せ、栄次郎は思わず深いため息を漏らした。

三

翌日の夜、長吉は小巻の酌で酒を呑んでいた。

「いってえどんな奴なんだ」

酒を呑み干してから、また長吉は呟いた。

「さっきから、どうしたんですか」

小巻がやさしい眼差しできく。

「すまねえ。なんでもねえんだ」

「でも、へんですよ」

「もう一本もらおうか」

「はい」

小巻が部屋を出て行く。

長吉はまたも灘屋の態度が変わったことに思いを馳《は》せた。

灘屋が長吉を用心棒に雇ったわけを教えてくれたのは、灘屋が今戸の『並木屋』の寮を訪れた翌日だった。

夜、灘屋は柳橋の船宿に長吉を誘い、人払いをしてから、切り出した。

「長吉さん。おまえさんは今戸の寮を探《さぐ》ったようだね」

いきなりきかれ、長吉はあわてた。

「咎《とが》めているわけじゃない。いつ話そうかと迷っていたところなので、ちょうどいい機会だ」

「へい」

「うすうす感づいているかもしれないが、『並木屋』で果たし合いが行なわれている。賭仕合だ」

「賭仕合？」

「どっちが勝つかを賭ける。酒を呑みながら決闘を見物するのだ。賭に加わっているのはいろいろな遊びに飽いた大店の旦那衆だ」

「…………」

「最初は直参の武士を募っていたが、数人が名乗りを上げただけで、あとが続かない。武士道が廃れた昨今、脆弱《ぜいじゃく》な武士ばかり。情けないことだが、それでは賭仕合が出来ぬ。そこで、口入れ屋を介在して腕の立つ浪人を募り、賭仕合を続けてきた。今度、長吉さんに出てもらいたいのだ」

「俺に果たし合いを？」

「そうだ。おまえさんの腕は見せてもらった。かなりのものだ。どうだ、ひとり倒せば、五両だ」

「五両……」

「三人で十五両。六人倒せば三十両だ」

三十両あれば、小巻を苦界から救い出してやることが出来る。重四郎も同じように誘われたのだと思った。

「どうですか。やってみませんか」

「ほんとうに五両もらえるんですね」

「はい」

自分の腕がどこまで通用するか、ためしたいという気持ちがあった。今、勝ち抜いているのは壮年の剣客で、総髪の髭もじゃの男だということだった。その男が次回も勝てば、長吉が挑むことになる。そういう話だった。

そして、総髪の剣客が勝ち、いよいよ長吉の出番だと手ぐすね引いていたところ、灘屋が突然の変更を言ってきた。

「すまない。次回は、おまえさんではなく、剣術道場の師範代を当てることになった」

「なぜ、なんですかえ」

長吉は承服出来ず、問い返した。

「総髪の剣客は前回、前々回と一太刀で相手の顔面を斬り裂いて倒しているのだ。相手はふたりとも凄腕の浪人だった。それが何も出来ないうちに開始早々に早くも斬られてしまった。その桁《けた》違いの凄さに、旦那衆も唖然としてな。もはや、これ以上の剣客は現れないだろうという話になった。そんなところに、おまえさんを出しても、賭にならない。おまえさんが勝つと賭ける者はいないだろう」

「そんなこと、やってみなければわからないじゃねえですか」

「確かにそうだ。だが、賭にならなければ仕合は成り立たないのだ。やっても意味がない」

「わかりました。じゃあ、そのあとはぜひ私に」

そう言ったのだが、昼間、灘屋に会って衝撃を受けた。

江戸で一、二を争う剣客と評判の道場の師範代が総髪の浪人に為す術《すべ》もなく一刀の下《もと》に斬られたという。

「ぜひ、対戦させてくれ」

と、訴えたが、もはや賭が成り立たないと首を横に振った。

いくら強かろうが、俺だって自信があると言っても、灘屋は聞き入れてくれなかった。

障子が開いた。

「お待ちどうさま」

小巻が戻って来た。

「借金はあるのか」

長吉はいきなりきく。

「どうしたの？」

「いくらあれば、小巻さんをここから救い出せるかと思ってな」

「無理しないで」

小巻は儚《はかな》そうに言う。

「無理じゃねえ。俺はそうしたいんだ」

「うれしいわ。でも、私はもう諦めているの」

「諦める？　なんてこと言うんだ」

　長吉は色をなした。

「俺はあんたにこんな暮しをさせておきたくないんだ。いいか、俺はきっと金を稼いで、あんたを身請けするんだ」

「ばかよ」

　小巻は泣きそうな顔をした。

「私、長吉さんより年上なのよ。それに……」

「もういい」

　あわてて、長吉は小巻の声を制した。

　私は亭主持ちよ、と続けようとしたのだと思った。その言葉を聞くのが辛かった。まさか、小巻は重四郎はいつか請《う》け出しに来ると思っているのだろうか。だから、俺の話をまともに取り合ってくれないのか。

　いつか、重四郎の死を知らせなければならない。そう思うとやりきれなくなって、長吉は手酌で酒をつづけざまに呑んだ。

　翌日、長吉は永代寺門前仲町の口入れ屋『吉葉屋』の暖簾をくぐった。

亭主の黒兵衛がにこやかに迎えた。

「久し振りですな」

黒兵衛の態度はいつもと違う。やはり、灘屋に腕を認められたことは耳に入っているのだ。

「教えてもらいたい」

「なんでしょう」

「今、賭仕合で勝ち進んでいる剣客を世話したのは、吉葉屋さんですか」

「そうです。私の知り合いが、西新井大師《にしあらいだいし》の近くにいる乞食侍《こじきざむらい》が野犬に囲まれたが、睨みつけただけで野犬が尻尾を巻いて逃げていったという話をしていたんだ。そのときは聞き流していたんだが、賭仕合の話が出て来て、浪人の世話を頼まれたとき、その乞食侍を思い出して会いに行った」

「そんなにすごいのか」

「頬骨が突き出た髭もじゃで、眼光は鋭い。赤銅色《しゃくどういろ》に焼けた顔はまるで赤鬼を思わせた。ためしに背後から頭目《あたま》掛けて石を投げようとした。しかし、その前に振り返り、ひと言、よせと言った。俺は身がすくんだ。心底、恐ろしいと思ったのは生まれてはじめてだ」

「名はなんて言うんです？」

「名乗らなかった。名は捨てたというので、赤木鬼造《あかぎおにぞう》と勝手につけた。赤鬼だ。四十前後にも思えるし、六十近い男のようにも思える。無気味な男だ」

「わかりました。どこに住んでいるんですかえ」

「『灘屋』の旦那は知っているだろう」

黒兵衛はじっと長吉の顔を見つめ、

「まさか、赤鬼と闘おうって言うんじゃあるまいな。無理だ。やめとけ」

「誰かが倒さなきゃならねえんじゃないですかえ。じゃないと、賭仕合が成り立たないと灘屋がこぼしてましたぜ」

「だが、あの男を倒すのは無理だ」

「じゃあ、このまま賭仕合を中止にするんですかえ」

「いや、なんとかしなければならねえな」

「どうするんですね」

「賭仕合から引き下がってくれればいいんだが、無理だろう」

「まさか」

長吉ははっとした。

「卑怯な真似を考えているんじゃないでしょうね」

「卑怯な真似だと?」

「そうです。赤鬼を闇討ちしようなどと?」

「ばかを言え。大勢が束になってかかっても赤鬼には敵《かな》わないはずだ。それに、仮にそんなことをして赤鬼を排除してみろ。賭仕合に挑もうとする者は怖《お》じ気《け》づいて挑戦する者がいなくなる。勝っても命を奪われるような仕合に誰も出たがるまい」

「では、どうするんだ?」

もう一度、きく。

「直参の中に、赤鬼に勝てる者を探すしかあるまい。おい、ここまでだ」

戸が開いて、客がやって来た。

長吉は『吉葉屋』を引き揚げた。

長吉は永代橋を渡り、須田町の『灘屋』に行った。

灘屋はちょうど外出先から帰って来たばかりのようで、羽織を脱ぎながら部屋に入って来た。

「どうしたね」

「旦那。あっしに赤鬼と仕合をさせていただけませんか」

「だめだ。何度言ったらわかるんだ。賭には……」

「賭と関わりなく、闘う」

「やめておけ」

「旦那。赤鬼の住まいを教えていただけませんか」

「どうするんだ？」

「会いに行きます」

「会いに行ってどうするのだ？」

「相手の技量を見極めてきます。もし、あっしが敵《かな》う相手でなければ、潔《いさぎよ》く挑戦を諦めます。もし、勝てる見込みがあれば、ぜひ仕合をさせてください」

「なぜ、そんなに闘いを望むのだ？」

「…………」

「金か」

「はい」

「女だな」

「…………」

「よし、いいだろう。赤木鬼造は入谷の『植松《うえまつ》』という植木屋の離れに居候《いそうろう》をしている」

「『植松』ですね」

長吉は静かに深呼吸をしてから、挨拶をして立ち上がった。

「行くのか」

「はい」

「見極めるだけだ」

「わかってます」

長吉は『灘屋』を出て、まっすぐ入谷に向かった。

半刻後に、長吉は入谷にやって来た。植木屋『植松』の背後に、入谷田圃《たんぼ》が広がっている。

庭には四季の花々の鉢が並んでいる。菊の花が風に揺れていた。

長吉は『植松』の母屋に立ち寄り、声をかけて出て来た隠居ふうの年寄りに、

「こちらの離れに、赤木鬼造というお侍が住んでいると聞きましたが」

と、訊ねる。

「ああ、部屋を貸している。そこの柴垣伝いにまわっていけば、離れに行く」

「わかりました」

長吉は言われたとおりに、柴垣伝いに進むと、物置小屋のような離れがあった。戸口の横に濡縁《ぬれえん》があり、障子が開いて、部屋が見えた。

だが、人影はなかった。出かけていたら、帰るまで待つつもりだった。

「赤木さま。いらっしゃいますかえ」

念のために、長吉は声をかけた。返事はなかった。

赤鬼を倒せねば、小巻を身請けする金は出来ないのだ。どんなに強敵でも、倒さねばならない。

(梶木さん。小夜さまを身請けするためだ。どうか、力を貸してください)

長吉は重四郎に思いを馳せた。

稽古のとき、長吉の木剣は重四郎の脾腹に当たったのだ。油断していたとはいえ、長吉は重四郎と互角に闘えた。それだけ、長吉の技量も伸びているのだ。そのことは、長吉の大きな自信につながっている。

だが、重四郎は長吉との稽古で受けた傷のために満足な状態で闘えなかったのではないかという疑いは今でも消えない。

そうだとしたら、間接的に重四郎を死に追いやったのは長吉ということになる。そう思うと胸を掻きむしりたくなった。

ふと、人影が差した。すぐ目の前に、痩せて目が大きく、頬骨が突き出て赤ら顔で髭もじゃ男が、まさに赤鬼のように立っていた。

ネギや大根を抱えている。

長吉は二、三歩前に出た。目を疑った。相貌は変わっているが、懐かしさに胸の底から甘酸っぱいものがわき上がってきた。

「先生」

長吉は呟き、やがて全身が打ち震えてきた。

「多々良先生ではありませんか」

多々良十兵衛だ。重四郎の話では、二十年前まで西国のある藩の剣術指南役をやっていた。日の本一の剣客と謳われていた。生涯一度も負けたことがない剣客だ。

長吉はこの多々良十兵衛に剣術の手解きを受けたのだ。

「私です。上州でお世話になった長吉です」

「知らぬ」

「先生、これをご覧ください」

長吉は風呂敷包みを解いて、木剣を取り出した。

「先生からいただいた木剣です」

「知らぬ」

赤鬼は長吉の脇をすり抜け、戸口に向かい、土間に入って行った。

多々良十兵衛に間違いない。なぜ、知らないと言うのか。長吉は呆然と土間に消えた赤鬼の姿を追っていた。

四

その日の夕方、栄次郎は日本橋本町三丁目にある『並木屋』を訪れていた。

朝早く訪問したのだが、並木屋はすでに外出していた。おそらく、駿河台の岩淵平左衛門の屋敷に赴《おもむ》いていたのだろうことは想像がつく。

善後策《ぜんごさく》の相談であろう。しかし、夕方になっての訪問で、やっと並木屋に会うことが出来た。

客間で、差し向かいになって、栄次郎は切り出した。

「きのう、岩淵さまの下屋敷から死体の入った長持が横川に係留してあった船まで運ばれ、新高橋の下で遺棄されました。剣術道場の師範代だそうです。下屋敷にて賭仕合が行なわれたのですね」

「そうです」

並木屋はあっさり認めた。

「相手は誰ですか」

「名乗らないので、こっちが勝手に赤木鬼造と呼んでいます。これまでふたりの浪人を一刀の下に斬り捨てました。相手は何も出来ないまま斬られました。その剣は見ている者を震え上がらせるほどの凄味がありました」

「傷口からもかなりの腕だとわかります」

「ふたりの浪人はかなり強いお方でした。にも拘わらず、まるで赤子のように何も手が出せないまま斬られました。それを目《ま》の当たりにした旦那衆は赤木鬼造に勝てる者はいないのではないかと言い出し、これでは賭にならないと思い、次の対戦相手に江戸で一、二を争う剣客である本所亀沢町の剣術道場の師範代を拝み倒してなってもらいました」

並木屋はやりきれないように、

「その師範代もまったく歯がたちませんでした」

「それでは、もはや賭にはなりませんね」

「そのとおりです。全員が赤木鬼造に賭けましょう。賭は成り立ちません。まさか、あのような剣客がいるとは思いもしませんでした」

「潮時だったということでしょう」

「ええ、ですが」

並木屋は言いよどみながら、

「赤木鬼造を引きずり出すとき、ひとり斬るごとに五両、勝ち続ければいくらでも儲けられると言って果たし合いに誘い込んだのです。もっとも、この誘い文句はどの浪人さんにも話していることですが」

「赤木鬼造はまだ立ち合うつもりでいる、つまりもっと金を稼ぐつもりでいるということですね」

「そうです。もし、これで果たし合いをやめるなら、約束を違《たが》えたのだから違約金を払えと言い出してきました」

「いくらですか」

「この先、何人でも斬り続けられる。少なくとも二十人は楽に行くから最低でも百両出せと。出さねば、約束を違えられたと世間に訴えると威《おど》すのです」

「自業自得だと思いますね」

栄次郎は突き放すように言う。

「返す言葉はございません。そこで、百両出して、赤木鬼造に引き取ってもらうことをみなで決め、岩淵の殿さまに了承を得るために参上したのですが、殿さまが赤木鬼造のひと言に激怒されたのです」

「激怒？　なんですか」

「相手は直参でも陪臣《ばいしん》でも誰でもよい。相手になる。それとも、旗本・御家人はみな腰抜けかと」

「挑発しているのですね」

「そうです。岩淵の殿さまはその挑発に乗り、次の対戦相手を直参から出すと仰っています」

「しかし、誰も気が進まないのではないですか」

「殿さまはかねてより武士道の廃れを嘆いておられます。そのことから、逃げは敵前逃亡とみなし、処分するというお触れを出すおつもりだとか」

「無茶な」

栄次郎は呆れる。

「相手は凄腕の剣客です。勝算はほとんどないと思います」

　こんなことでの果たし合いなど武士道とは関係ないと思った。

「じつは、殿さまには意中のお方がいるようでございます」

「意中のお方？　誰ですか」

「いえ、聞いておりません。まず、そのお方に立ち合っていただいて、そのお方が万が一敗れることがあれば、直参から次の対戦者を十人まで選ぶおつもりです」

「殿さまにお考えいただくしかありませんね」

「我らの言葉には耳を傾けてはくださいますまい」

「そうでしょうね。わかりました。私のほうで手を打ちましょう」

　栄次郎は立ち上がった。


　その夜、栄次郎はいつもより早い時間に屋敷に帰り、兄を待った。だが、兄の帰りは遅かった。

　夕餉を取り終えても兄は帰って来なかった。

「栄次郎、どうかしましたか。何か落ち着かないようですが」

「えっ？」

母に見透かされていることにあわてて、

「いえ、なんでもありません」

と、言い繕《つくろ》った。

兄が帰って来たのは、五つ半（午後九時）になろうかというときだった。

兄が帰って来た気配を察し、兄の部屋の前に立ち、

「兄上。よろしいでしょうか」

と、声をかけた。

「入れ」

「失礼します」

兄と部屋の真ん中で差し向かいになって、口を開こうとして、おやっと思った。兄の表情に屈託《くったく》がみられたのだ。

「兄上。何か、ございましたか」

「うむ？　いや。そなたの用向きをきこうか」

兄は話を逸らすように、栄次郎の話を促した。

「じつは賭仕合の件です」

「うむ」

兄は難しい顔で顎に手をやった。

「きのう、書院番頭の岩淵平左衛門さまの下屋敷にて、赤木鬼造なる浪人と剣術道場の師範代との果たし合いが行なわれました」

そのことについて詳しく話そうとしたが、案外なことに、兄は大まかなことを知っていた。

「兄上。なぜ、ご存じなのですか」

新八から話を聞く時間はないはずだ。

「じつは今まで、岩淵さまのお屋敷に御目付どのといっしょに呼ばれていたのだ」

「岩淵さまに？」

「そうだ。委細を聞いた」

兄は厳しい顔で、

「岩淵さまは、かねがね武士道が廃れていることを嘆いておられた。そんな岩淵さまのお気持ちを忖度《そんたく》した書院番士のひとりが剣に覚えのある武士を闘わせることを思いつき、果たし合いをさせたそうだ。剣客はその書院番士が選んだ。ただ、最後に相手が見つからず、札差の美濃屋が選んだ浪人を果たし合いに加えた。その浪人と最後に闘ったのは、果たし合いを画策した書院番士だ。その者は浪人を斬った」

その浪人が梶木重四郎であろう。

「それで、すべてにけりをつけるはずだったが、その書院番士が賭仕合を思いつき、美濃屋を通じて知り合った並木屋に話を持ち掛けた。並木屋はすぐ興味を示し、大店の旦那衆に呼びかけ、賭仕合がはじまったそうだ」

「その書院番士の名は?」

「福沢《ふくざわ》茂《も》一郎《いちろう》どのだ」

「福沢茂一郎……」

「ひとり倒せば五両、やめたいときはいつでもやめられる。そういう取り決めを話し、腕に覚えのある武士を誘った。だが、それも三人で、途中から他の武士は尻込みをして辞退した。そこで、口入れ屋を介して浪人を募った。しかし、最後にとんでもない剣客が現れたのだ」

兄はため息をつく。

「赤木鬼造ですね」

「そうだ。赤木鬼造は圧倒的に強く、旦那衆からみてもこれまでの剣客とは比較にならないほどの凄味があった。闘う前から勝負がついている状況だったそうだ。もはや、賭にはならない。そこで、並木屋が思いついたのが江戸で一、二を争う剣術道場の師範代だ。その者と赤木鬼造を闘わせる。その対決場所に、岩淵さまの下屋敷を使わせてもらったそうだ」

「岩淵さまはこの賭仕合をご存じだったのですか」

「いや。斬殺死体の発見に不審を抱いていた岩淵さまは、かねてから福沢茂一郎に疑いを持っていた。それで、問い質《ただ》したところ、委細を白状したそうだ」

「…………」

「岩淵さまは赤木鬼造をこのままに捨ておくことは出来ない。そう考え、道場の師範代との果たし合いを認め、下屋敷を提供したということだ」

兄はまたため息をつき、

「だが、結果は岩淵さまの期待に反するものだった。師範代が勝つものと思っていたのが、その師範代もまったく歯が立たなかったそうだ。だが、問題はそのあとだ」

「赤木鬼造の挑発ですね」

「そうだ。赤木鬼造は旗本・御家人はみな腰抜けかと言いたい放題。このことに岩淵さまは激怒された。必ず赤木鬼造を討てと、次の対戦相手を直参から出せと命じたそうだ。いやがる者は敵前逃亡とみなし、処分するというお触れを出すおつもりだとか」

並木屋が話していたことはほんとうだったようだ。

「直参のお方それぞれにご家族もいらっしゃいましょう。命を賭けて闘えというのは無茶だと思いますが」

「岩淵さまは、絶対許さないそうだ。若年寄にも申し出て、正式なお触れを出すという。指名されたら、必ず赤木鬼造と闘わねばならぬ。断れば、役職を外され、もう二度と日の目を見ないことになる……」

「ばかな。思い止《とど》まらせることは出来ないのですか」

「無理だ。武士道の廃れを嘆く岩淵さまが引き下がるはずはない」

兄は苦痛に歪んだような顔で、

「岩淵さまはその命令を出す前に、ある人物に賭けようとなさっている」

意中のお方がいるようだと、並木屋も言っていた。

「その人物とはどなたですか」

栄次郎はきいた。

「それが……」

兄はますます苦しそうな表情になった。

「兄上、何か」

栄次郎はふと兄の様子にただならぬ異変を感じた。

「まさか」

「栄次郎。岩淵さまはそなたを指名された」

「……………」

耳を疑った。

「きょう、岩淵さまが私を呼んだのは、そのことのためだ。栄次郎にその役目を伝えさせるためだ」

「なぜ、岩淵さまは私を？」

「誰かから、そなたの噂を聞いたらしい。おそらく、岩井さまであろう」

「……………」

岩井文兵衛がそのようなことを話すだろうかと、栄次郎は腑に落ちなかった。

「栄次郎。この際だ。武士をやめ、これからは三味線弾きとして生きて行ったらどうだ。いずれ、そうするつもりだったのであろう」

「もし、私が断ったら、代わりに誰が？」

「そのようなことを心配する必要はない」

「もしや、兄上では？」

「……………」

「そうなのですね」

「栄次郎。武士道とは何かな」

兄は儚い笑みを浮かべた。

もし、栄次郎が敗れても、兄の体面は保たれる。だが、栄次郎が武士をやめて、兄が代わりに果たし合いをして敗れたら……。

矢内家は廃絶だ。

「兄上。赤木鬼造との果たし合い。私がお引き受けいたします」

「何を言うか」

兄が顔を紅潮させた。

「私も赤木鬼造の剣に興味があります。どうか、岩淵さまにそうご返事をなさってください」

「栄次郎」

「母上にはこのことは内密に」

兄は憤然と立ち上がり、庭に面した障子を開けた。ひんやりした風が吹き込んだ。

兄の背中が震えているのがわかった。

「果たし合いは三日後だそうだ」

暗い庭を見つめながら、兄は言った。

「わかりました」

栄次郎はあえて元気よく答えた。三日後の夜、本所亀戸の岩淵平左衛門の下屋敷にて行なう。そのことを、兄は喉を詰まらせながら伝えた。

果たし合いの前日、の夜、栄次郎はお秋の家の二階で三味線を引いた。『岸の柳』からはじめ、『越後獅子《えちごじし》』、『京鹿子娘道成寺《きょうかのこむすめどうじょうじ》』と弾いていく。

これが、最後の三味線になるかもしれないと思うと、いつも以上に力が入った。

「栄次郎さん」

障子の外で、お秋の声がした。

「お稽古の最中に、ごめんなさいね。今、下に、長吉というひとが来て、どうしても、栄次郎さんにお会いしたいって」

「長吉さんが……」

栄次郎は階下に行くと、長吉が土間に立っていた。別人かと思うほどに、雰囲気が変わっていた。

顔つきも精悍《せいかん》で、眼光も鋭い。文庫の荷を担いでいたときの柔らかい姿はなかった。

「矢内さま。お久し振りです」

長吉は挨拶をした。

「よく、ここがわかりましたね」

「亀三親分から伺いました。ちょっとお話がしたいのですが」

他人に聞かれないほうがいいと思い、

「どうぞ、上がってください」

と、二階に誘った。

「へい」

遠慮がちに、長吉は梯子段を上がった。

部屋で差し向かいになるなり、長吉が切り出した。

「矢内さまは、赤木鬼造と立ち合うことになったそうですね」

「どうして、そのことを?」

長吉は不思議に思った。

「『灘屋』の主人から聞きました。灘屋も、賭仕合の仲間です」

そう言い、灘屋の用心棒になったことから賭仕合に参加する寸前までいったという

経緯を、長吉は話したあとで、

「あっしは赤木鬼造に会って来ました」

と、言った。

「矢内さま。赤木鬼造は自分では否定していましたが、多々良十兵衛というお方に相違ありません」

「多々良十兵衛？」

「私の剣術の師です。上州の村で何年間か教えを受けました。梶木さんはご存じでした。二十年前まで西国のある藩の剣術指南役をやっていた。日の本一の剣客と謳われていた。生涯一度も負けたことがない剣客だと仰っていました」

「その多々良十兵衛が赤木鬼造なのですか」

「そうです。間違いありません。痩せて、眼光がより鋭く、雰囲気はまったく別人ですが、多々良十兵衛さまです。六年前、剣の修業のためにまた旅に出て、それきり消息もわかりませんでした。まさか、こんな形で再会するとは思いもしませんでした」

長吉は身を乗り出し、

「多々良十兵衛は無敵です。そんな相手に果たし合いなど無謀としか言いようもありません。お断り出来ないのですか」

と、説き伏せるように言う。

「無理です。私が断れば、別の人間が代わりを務めさせられるだけです」

「そうですか」

頷いてから、

「矢内さま。手助けになるかどうかわかりませんが、私は多々良十兵衛に見込まれて教えを受けた者です。私の太刀捌《さば》きから、赤木鬼造を敗《やぶ》る手掛かりは摑めないでしょうか」

「あなたの……」

「私は多々良十兵衛の技を毎日そばで見てきた人間です。もし、お役に立てるのであれば……」

「それはありがたいことです。長吉さん。お願い出来ますか」

「喜んで」

栄次郎は長吉の好意を受けることにした。

栄次郎は駒形堂近くの大川縁で、木剣を構えた長吉と向かい合った。

長吉は木剣を正眼に構え、間合いを詰めてくる。栄次郎も木剣を正眼に構えた。

間合いが詰まった瞬間、長吉が上段から振り下ろしてきた。栄次郎は相手の木剣が身に迫ってかろうじて木剣を弾いた。

長吉の動きは素早い。それにしても、栄次郎は自分の反応が遅れたことを察した。木剣のぶつかりあいになれば栄次郎が圧倒したが、立ち合いは微妙だった。

赤木鬼造に対した三人はいずれも何も出来ずに顔面を斬られている。それだけ、赤木鬼造の踏み込みが鋭いのであろう。

「長吉さん。最初からお願いします」

「へい」

長吉は正眼に構えた。栄次郎も正眼に構え、間合いを詰める。斬り合いの間《ま》に入ったとき、すでに長吉の木剣は迫っていた。弾くのが精一杯だった。

「長吉さん。お願いします」

栄次郎はもう一度、長吉と立ち合いの最初から繰り返した。やはり、立ち合いで懐まで攻め込まれた。

「もう一度、お願いします」

栄次郎は頼む。

陽は落ち、辺りは暗くなっていた。

「もう一度」

栄次郎は言い、長吉もよく協力してくれた。

最後に、長吉が打ち込んで来たとき、栄次郎はあっと気がついた。

五

冷たい風が吹いている。障子を開いた座敷の庭に向いて、岩淵平左衛門が座り、左側に御目付がいた。廊下には並木屋、野上屋、灘屋などの大店の主人が並んでいる。そして、座敷の奥に兄栄之進がいるのがわかった。

月のない夜だ。庭の何カ所かに篝火《かがりび》が焚《た》かれ、周囲を明るく照らしていた。

栄次郎は袴の股立《ももだち》をとり、たすき掛けで、赤木鬼造を待っていた。生か死か。行司役の人間はいない。

やがて、総髪の痩せた男が現れた。無造作な着流しで、果たし合いに臨む姿ではなかった。

篝火の明かりを受けた顔はまことに赤鬼のごとく、鋭い眼光を栄次郎に向けた。

「矢内栄次郎でございます」

栄次郎は名乗った。

「名乗りなど不要」

鬼造はくぐもった声で言う。

「お相手いたします」

栄次郎は篝火の近くに立つ。鬼造も栄次郎と対峙《たいじ》して立つ。

鬼造が剣を抜き、静かに正眼に構えた。栄次郎は両手を下げ、自然体で立つ。

鬼造が微かに北叟笑《ほくそえ》んだようだ。鬼造はじりじり間合いを詰めてきた。深呼吸をし、心気を整えるが、気配を察したときは遅いのだ。

ふつう、動きと同時に気が伝わる。その気をとらえて、反応すればいいのだが、この相手にはそれでは遅いのだ。

長吉と何度も稽古を繰り返し、やっと気がついた。長吉は気合とともに踏み込むのではなかった。無の状態のまま踏み込み、頭上で柄《つか》を握った手を絞りながら剣を振り下ろす。そのとき、気を発することで、剣に勢いが増すのだ。

鬼造が動いた瞬間をとらえなければならない。栄次郎は目を伏せ、相手の足元を見つめる。

徐々に間合いが詰まる。斬り合いの間《ま》に入った。鬼造を見ず、栄次郎は篝火の明かりが作る鬼造の影を見つめる。

鬼造の動きが止まった。栄次郎ははっとした。こっちの意図を悟られたか。

栄次郎は心を落ち着かせる。悟られてはいない。鬼造は慎重になっているのだ。だが、まったく、鬼造から殺気は伝わって来ない。

栄次郎は自然体で立っているが、鬼造は剣を構えながら無と化している。庭の樹や石と同じだ。まったく、感情を消している。

はっとした。さっきより微かだが間合いが詰まっている。正面で向き合っていると、微妙な動きはわかりにくい。

栄次郎は影を見る。汚れた小石が影の近くにあった。栄次郎は鬼造の姿を視界から消し、影と小石を見つめる。

静かな時が過ぎる。影が動き、小石に達した。その動きに、栄次郎は反応した。居合腰になって膝を曲げ、と同時に左手で鯉口《こいぐち》を切り、右手を柄にかけ、右足を踏み込んで剣を横に薙《な》いだ。

鬼造の体が栄次郎にかぶさって来た。栄次郎は鬼造の体を支えた。

「闇仕合は終わっていない」

謎のような言葉を残し、鬼造は栄次郎にもたれかかりながら倒れた。

て静かになった。

「鬼造どの。どういうことですか」

鬼造の体を抱えながら、栄次郎は耳許で叫ぶ。だが、鬼造は口から血を吐き、やが

「矢内栄次郎。見事」

座敷から岩淵平左衛門の声がかかり、次に喊声《かんせい》が上がった。

用人らしき武士が駆け寄り、鬼造の様子を見た。

「絶命しております」

「よし、座敷に運び、弔《とむら》ってやれ」

岩淵平左衛門が命じ、奥に引っ込んだ。

「栄次郎」

兄が庭に飛び下りて来た。

「よう無事だった。よかった」

兄は泣き笑いの顔で喜んでいた。

しかし、栄次郎は鬼造の末期《まつご》の言葉が気になった。闇仕合は終わっていない。鬼造は確かにそう言ったのだ。

師の多々良十兵衛が敗れたのを見て、長吉は下屋敷を出て、門前仲町の茶屋に飛び込んだ。女将に小巻を呼んでもらい、長吉は二階の部屋に入った。

手酌で酒を呑みながら、長吉は考え込んだ。

赤木鬼造は違うと否定したが、師の多々良十兵衛に間違いない。それは、栄次郎と立ち合う姿を見ても、確信出来ることだ。あの構えは師のものだ。

六年前、突然、庄屋の家から姿を消した。諸国修業の旅だと言っていたが、それは言い訳だ。それより、なぜ、多々良十兵衛であることを認めようとしなかったのか。なぜ、俺のことを知らないと言ったのか。

六年前のことを忘れたというのか。自分の名も忘れたのか。そんなはずはない。

そもそも、なぜ、十兵衛は上州を離れたのか。上州を去って江戸に出たのか。何か目的があってなのか。

それより、長吉はなぜ、栄次郎の稽古相手になったのか。なぜ、師を斃《たお》す工夫を授けるような真似をしたのか。自分でもわからなかった。

栄次郎が斬られるかもしれない。そのことが、長吉を動かしたのか。もし、稽古相手になっていなかったら、勝負はどうだったろうか。

「ごめんください」

小巻の声がして、障子が開いた。

「いらっしゃい」

部屋に入って挨拶する。

「きょうは遅かったんですね。もう来ないかと思いましたよ」

そばに寄り添うように座り、銚子を持つ。

「あら、もうないみたい。もらってきましょうか」

「いい。このまま、そばにいてくれ」

長吉は小巻の肩を抱いて引き寄せる。

「あれ」

小巻は長吉の胸に倒れた。

「どうしたの？」

「別に」

「でも、なんだか表情が暗いわ」

「気のせいだ」

「それならいいけど」

小巻は長吉の胸にしなだれたまま言う。

「危ない真似をしているんじゃないかって心配なの」

「危ない真似？　どうしてそう思うんだ？」

「だって、私を身請けするためにお金を稼ごうとしているんでしょう」

「ああ」

「無理しないで」

「いや。俺がそうしたいんだ。身請けして、俺のかみさんになってもらうんだ」

「うれしいわ。そう言ってもらって。でも、私、だめなの」

「何がだめなんだ？」

「…………」

「いいかえ。俺はおめえをきっと俺のかみさんにする」

「ごめんなさい。私……」

「なんだ？」

「私……、亭主持ちなの」

長吉ははっと息を呑んでから、

「ご亭主がいようが関係ない。だって、もう別れたんだろう。それとも、ご亭主が身請けしてくれるのを待っているのか」

「…………」

「ご亭主のことが忘れられないことはよくわかる。だが、新しい生き方を考えてもいいんじゃないのか」

小巻は体を起こして、長吉から離れた。

「長吉さんはうちのひととどういう間柄でしたの？」

小巻が厳しい顔をしてきいた。

「どうして、俺がおめえのご亭主を知っていると思うんだ？」

「私の亭主は梶木重四郎です」

長吉は息を呑んだ。

「まさか……」

「ええ、亡くなったそうですね」

「知っていたのか」

「教えてくれたのは長吉さんですよ」

「えっ？　じゃあ、あのとき……」

長吉は絶句した。

「ええ。はじめてのとき、私の膝枕で眠ってしまいましたね。あのとき、夢を見ていたんでしょうね。うなされながら、梶木さまと呼んでいたんです」

「そうか、やっぱり、口にしていたのか」

「次の日、気になって、子供屋の男衆に様子を見に行ってもらったんです。それで、夫が亡くなったことを知りました」

小巻は涙ぐんだ。

「そうか。すまねえ。知られないようにしていたつもりだったが、はじめからそんな失態を……」

「夫は私を身請けするための金を稼ごうと、危ない仕事に手を染めていたのに違いありません。長吉さんまで、同じ目に遭わせたくないんです」

「小巻さん。梶木さまのために、おまえを身請けしたいんじゃねえ。俺のためだ。俺にはおめえが必要なんだ。だから、きっと身請けをする」

「だめよ。危ない真似は」

小巻が哀願するように言う。

入谷の植木屋の離れで会った多々良十兵衛は、別れ際こう言った。

「闇仕合はまだある。薬の行商人を探せ」

闇仕合は他でもやっているということか。金になるなら、なんでもやる。長吉は小巻を身請けするのだと、改めて心に誓った。

翌日の夜。栄次郎は本郷の屋敷に戻ると、すぐ兄に呼ばれた。

「栄次郎。昨夜のことで、岩淵さまより、お褒めの言葉をいただいた」

「兄上、それより、今回の一連の賭仕合の件はどう始末がついたのでしょうか」

「最初に賭仕合を思いついて主導した書院番士の福沢茂一郎どのが亡くなられたそうだ。一切の責任をとって自害したとのこと」

「一切の責任？」

「その後の賭仕合を仕掛けたのも福沢どのということだ」

「待ってください」

栄次郎は驚いて、

「一介の書院番士にあれだけのことが出来ましょうか。それに、福沢どのが梶木重四郎と立ち合ったのなら、手傷を負っているはずなのです。その傷がどの程度のものかわかりませんが、そんな浅手ではなかったと思います。その後も賭仕合を主導したなどとは考えられません。また、自害というのも疑問です」

「自害を疑うのか」

「福沢どのの亡骸は兄上はご覧になったのですか」

「いや。そなたは福沢茂一郎どのの死因は自害ではなく、そのときの傷が元で亡くなったと？」

「はい。そのような気がしてなりません」

「うむ」

兄は腕組みをした。

「それから、果たし合いに金を賭け、殺された亡骸を遺棄した罪はどうなったのでしょうか」

「すべて福沢どのの命令で仕方なくやったことなので、きつく叱りおくだけになると、組頭どのは仰っていた」

「茶番です」

栄次郎は激しく言った。

「栄次郎。言葉を慎め」

「ですが、直参や浪人を合わせ、いったい何人が死んだとお思いですか。これだけ、たくさんの死人を出しておいて、福沢どののひとりに責任を押しつけて一件落着としてしまっていいのでしょうか」

「確かに、わしも腑に落ちないことが多々ある。だが、上のほうの裁定に意義を挟むことなど出来来ぬ」

兄は苦しそうに言い、

「武士道の廃れを正すためという考えの前には、周囲は寛大になってしまうようだ」

兄は憤然とした。

「兄上」

栄次郎は思い切って口にした。

「赤木鬼造が私に倒れかかって来たとき、こう言いました。闇仕合は終わっていないと」

「闇仕合は終わっていない？　どういうことだ？」

「わかりません。もしかしたら、我らが気づいていないだけで、闇仕合はどこかで行なわれているのではないでしょうか」

「ばかな」

「確かに、ばかげていると思いますが、ただ赤木鬼造が死に際に漏らした言葉ゆえ、気になるのです」

「しかし……」

兄は反論しようとして声が続かなかった。

「それから、赤木鬼造は仮につけた名で、ほんとうは多々良十兵衛といい、二十年前まで西国のある藩の剣術指南役をやっていて、日の本一の剣客と謳われていたそうです。しばらく上州にいて、六年前に上州を離れ、いつ頃からか江戸に住みはじめたのです。この多々良十兵衛が闇仕合は終わっていないと言っているのです。お願いです。多々良十兵衛のことを調べていただけませぬか」

「よし、わかった。調べてみよう」

兄は請け負ってから、

「まだ、完全には終わっていないということか」

と、厳しい顔できいた。

「そうだと思います」

栄次郎は思わず身内を固くして答えた。

ふつか後、栄次郎が浅草黒船町のお秋の家で三味線を弾いていると、亀三がやって来たとお秋が知らせた。

部屋に通すように言うと、末松裕太郎もいっしょだった。

「今のお方が崎田さまの妹御か」

　裕太郎は声をひそめてきいた。

「そうです」

「あとで、改めて挨拶しておこう」

「そこまではしなくてもいいと思います」

　崎田孫兵衛の妾だと知ったら、どんな顔をするだろうかと思ったが、すぐ気持ちを入れ換え、

「何かわかりましたか」

　と、栄次郎はきいた。

「矢内どのに言われ、江戸中の不審死体を調べてみた。そしたら、未解決の殺しがこの半年間で三件見つかった。死んでいたのはいずれも浪人だ」

「へえ。二月に高輪《たかなわ》の海岸、四月に護国寺《ごこくじ》の裏、六月に愛宕下《あたごした》です。先のふたりは袈裟懸けで斬られていたそうですが、愛宕下の浪人は喉を真横に斬られていたということです」

「喉を？」

「検死した与力どのの話では刀の傷ではないようだと」

「刀の傷ではないというと……」

「鎌ではないかと」

「鎖鎌ですか」

「多々良十兵衛が言っていた闇仕合とはこのことか」

「そうだと思います」

「二カ月置きですぜ。今度は八月。今月ですぜ」

亀三が身震いをした。

「今度の賭仕合の件はみょうな決着の仕方をしました。ひょっとしたら、闇仕合とどこかでつながっているのかもしれません」

栄次郎はふとあることに気づいた。

「これまで殺されたのは直参か浪人だけですね。陪臣はいませんね」

「そう言われれば、そうだ。大名家の家臣はいない」

「ほんとうにいないのか。いえ、自分のところの家来が殺されていたら、大名家のほうでこっそり始末してしまうかもしれません」

「よし。それとなく大名家を当たったみよう」

裕太郎は意気込んで言う。

暗くて深い闇の探索は、まだまだこれからだ。栄次郎は新たな闘志を燃やしていた。

時代小説

二見時代小説文庫

闇仕合《やみしあい》〈上〉 栄次郎江戸暦《えいじろうえどごよみ》16

著者　小杉健治《こすぎけんじ》

発行所　株式会社 二見書房
東京都千代田区三崎町二―一八―一一
電話　〇三―三五一五―二三一一［営業］
　　　〇三―三五一五―二三一三［編集］
振替　〇〇一七〇―四―二六三九

印刷　株式会社 堀内印刷所
製本　株式会社 村上製本所

落丁・乱丁本はお取り替えいたします。
定価は、カバーに表示してあります。

©K. Kosugi 2016, Printed in Japan. ISBN978－4－576－16147－1
http://www.futami.co.jp/

二見時代小説文庫

小杉 健治　栄次郎江戸暦1～16
　　　　　無茶の勘兵衛日月録1～17
浅黄 斑　八丁堀・地蔵橋留書1～2
　　　　　上様は用心棒1～2
麻倉 一矢　剣客大名 柳生俊平1～4
井川 香四郎　とっくり官兵衛酔夢剣1～3
大久保 智弘　御庭番宰領1～7
　　　　　陰聞き屋 十兵衛1～5
沖田 正午　殿さま商売人1～4
　　　　　北町影同心1～3
風野 真知雄　大江戸定年組1～7
　　　　　はぐれ同心 闇裁き1～12
喜安 幸夫　見倒屋鬼助 事件控1～6
　　　　　隠居右善 江戸を走る1
倉阪 鬼一郎　小料理のどか屋 人情帖1～17
佐々木 裕一　公家武者 松平信平1～14
高城 実枝子　浮世小路 父娘捕物帖1～3
早見 俊　目安番こって牛征史郎1～5

早見 俊　居眠り同心 影御用1～20
　　　　　天下御免の信十郎1～9
幡 大介　大江戸三男事件帖1～5
　　　　　口入れ屋 人道楽帖1～3
花家 圭太郎　夜逃げ若殿 捕物噺1～16
聖 龍人　火の玉同心 極楽始末1
　　　　　公事宿 裏始末1～5
氷月 葵　婿殿は山同心1～3
　　　　　御庭番の二代目1～2
　　　　　女剣士 美涼1～2
藤 水名子　与力・仏の重蔵1～5
　　　　　旗本三兄弟 事件帖1～3
　　　　　八丁堀 裏十手1～8
牧 秀彦　孤高の剣聖 林崎重信1～2
　　　　　日本橋物語1～10
森 真沙子　箱館奉行所始末1～5
　　　　　忘れ草秘剣帖1～4
森 詠　剣客相談人1～17